草墳

姜南周短編小説集

森脇錦穂訳

花乱社

Published in Korea by DooDoo Publishing Co, Busan.
Registration No.2018-000005.
First press export edition September, 2019.
Author Kang Nam Chu
ISBN979-11-964562-3-8

「霊魂不滅」への思い　『草墳』の出版に寄せて

「霊魂不滅説」は今も有効なのだろうか。友の死を悼み、葬儀場を後にしながら私は今日もこの思いに耽る。

現代医学がいうところの「臨終」を待つ病院の白い部屋、屍が煙と化す火葬場、潮風が吹きつける海辺の埋葬場、山の斜面に設けられた埋葬場——その場面はどこであれ、死者を見送る場において弔問客は一様に、亡者のあの世での平穏を祈る。その祈りには切なる願いも込められている。

このような祈りは、この世と同じように亡者が行くもう一つの世界があると信じていることを意味するものではないか。この考えは我々の生活の中に深く根付き、今も受け継がれている。

若い頃の私は、二十数年を掛けて韓国の西南部の島々を尋ね歩いた。島への交通の不便さは勿論のこと、現代文明の恩恵もあまり届かない島々。これらの島々を回り、都市と島の文化の格差や古くから離島に残る文化を調べることが私の主なフィールドワークであった。

この調査で得た思わぬ収穫の数々。その一つが「霊魂不滅」の思想であった。

何らかの繋がりや交流が認められない島々の人々が、時間や空間を超えて共通の来世観を今なお持ち続けていた。「死」に対する考えや「屍」の扱い方、葬儀の手順まで類似していたのである。

陸地に遮られ、それぞれ孤立した島での冠婚葬祭の手順が類似しており、祖先を崇拝する様式も酷似していた。

数百年の間、海風にさらされ幹が大きく曲がってしまった古木や、風雨に浸食されて角の丸くなった巨岩に対する畏敬の念においても共通のものがあった。

この自然の神秘や命に対する想い、人々の持つ畏敬の念は、私にとって今も解けない謎である。その謎に挑むべく島々を尋ねた日々。そこで感じた「霊魂不滅説」と人間の一生の意味をここに再び思い返してみる。

二〇二三年十二月

姜南周

■目次

風の島

天気が良すぎて風の島が見えない、と船長が言った。冗談かと思ったが、彼の言う通りだった。天気がいいと、海水の蒸発量が増える。空気が希釈され、水平線が揺らいで見える。光の屈折で遠くの島が霞んで見える。この時、錯視現象が起こることがある。これによって風の島は、私の視野に入ったり、消えたりを繰り返した。

「あと、どのくらいですか」

船長は私の質問を操舵手にそのまま伝えた。操舵手は前を見据えたまま答えた。

「多分、一時間半はかかるでしょう」

船長は海図画面を拡大した。船から風の島まで鉛筆で引いたような直線が鮮明に現れた。その直線の先までは、風や波の影響がなければ一時間半位で行ける、と船長が説明してくれた。

「一時間半」と聞いて、私は操舵室からデッキに下りた。そこから船室内に入り、教室兼会議室に向かった。室内ではサークルの学生数人がカード遊びをしていた。他の学生はテーブルに伏して眠り込んでいた。

「一時間余りで着くそうだから、そろそろ上陸の準備をしなさい。寝ている子は起こして……」


学生たちはカードを片側に押しやって寝ている仲間を起こし、荷物を纏め始めた。

実習船「東進号」は、航海実習と機関実習中である。実習とは、卒業後に航海士と機関士を目指す大学二年生を乗せて、夏休みの二週間、近海を航海するもので、担当教授と助手も乗船して行う厳しい船上訓練である。実習船は甲港から乙港への最短航路を直進するわけではない。二週間にわたる航海を通じて、晴天や悪天候の荒波を経験し、航海術や機関操作術を習得することになる。

私はこの航海実習や機関実習とは全く関係がない。人文学を専攻し、離島の海洋文化を発掘・調査・保存する学生サークルの指導教授である。サークルのメンバーである学生たちも、もちろん、船舶とは関係がない。彼らは国語国文学科をはじめ、文化人類学科、民俗学科、歴史学科、メデイア情報学科など、人文社会科学分野の学生たちで構成されている。

にも拘らず、この実習船に乗ったのは、事前に今回の実習のことを知り、航海の間、サークルの学生を風の島まで乗せてもらえるよう、指導教授に頼んでいたためだ。船長も同じ大学の学生たちの乗船を拒む理由はなかった。島に接岸したり、離岸することも重要な実習内容だった。

サークルの学生はそれぞれ荷物を持ってデッキに集まってきた。今回の離島調査に参加した学生は、男子九人、女子三人である。デッキに集まった学生たちは強い日差しに顔をしかめた。女子学生二人は船酔いでふらふらの状態だった。

「着岸するまで、荷物を日陰に置いて休むことにしよう」

私の指示通り、学生たちは荷物をデッキに置いて日陰を探した。学生の中には昨年の現地調査を経験した者もいた。とはいえ、十時間にわたる船旅は、皆にとって辛いことに変わりはなかった。

実習船は直接、風の島の船着場に接岸することができなかった。水深が浅い上に小さな岩礁が多かったからだ。十分な水深確保が難しいと判断した実習船は、島の沖合に錨を下ろした。

船長は据付のボートを海面に下ろし、学生たちを島まで運ぶことにした。

一週間後の昼十二時頃、学生たちを迎えに来ると言い残し、実習船は向きを変え動き出した。学生たちは船着場にある岩の上に立って、ボーと汽笛を鳴らして去ってゆく船に向かって、一斉に手を振った。

学生たちは荷物を手分けして砂利の浜辺を横切り、出発前に連絡をしておいた小学校のある丘に向かって歩き出した。舗装された狭い道に辿り着くと、小学校三、四年生位に見える地元の子供数人が裸足で通り過ぎた。

「オーイ、君たち、この辺りに草墳《チョブン》はないかなあ」と、サークルの学生の一人が子供たちに向かって大声で尋ねた。

「おれら、知らねえよ」

地方訛《なま》りのつよい返事が返ってきた。

「じゃあ、おじいちゃんたちが唄ってた昔の歌なんか知らないか……」

「おれら、知らねえと言っただろ」

海水に洗われ日焼けした子供たちの肩と背中が、浜の石のように黒光りしていた。大きな白い船に乗って突然やって来た私たち訪問者を怪訝そうに見上げた。

その時、中の一人が、

金稼ぎに行こう　金稼ぎに行こう
珍島*の海に行こう　おいらの船頭さんは運がいい
五万七千両も稼いだとさ

突然、駆け出しながら大声で歌った。一人が走り出すと、残りの子供たちも後を追った。先

＊珍島《チンド》は朝鮮半島西南端付近にある島。済州島、巨済島に次いで三番目に大きな島である。

頭の子が道の曲がり角から海に飛び込んだ。後を追っていた子供たちも次々に飛び込み、波に身をまかせ、向かい側にある岩場に向かって泳ぎ出した。まるでオットセイのように泳ぎながら、こちらの様子をチラチラ振り向いて確かめていた。

灼熱の太陽、海は青く涼しげで眩しかった。子供たちの水しぶきが白く泡のように見えた。サークルの学生たちは歩みを止め、その海の構図に暫く見入っていた。子供たちが海に飛び込んだ道の曲がり角で、私たちは海とは反対側の丘に向かって歩き出した。

道は学校の運動場に続いていた。校門を入ると、ケイトウの花が運動場の周りを囲み、暑い日差しの中で萎《しお》れかけていた。運動場の向かい側の校舎も静けさに包まれていた。

私たちは建物の真ん中にある入り口から校舎に入った。右手にある事務室には誰もいなかった。反対側の職員室を覗き込んだ。若い女性一人が本を読んでいたが、人の気配で顔を上げた。静けさを引き裂くように鳴いていたセミの声も次第に穏やかになってきた。

「こんにちは、校長先生はいらっしゃいませんか。今日、プサン（釜山）から来ました」

「ああ、そうですか。校長先生は午前中ずっと皆さんを待っていました。先ほど、昼食のため宿舎に戻りましたので、少しお待ちください」

親切な対応だった。

学生たちは背負っていた荷物を通路の入口に下した。建物の裏に通じる扉が開いていた。そのため風通しがよく、学生たちは立ったまま汗が引くのを待っていた。ランニングシャツに半ズボン姿の校長先生が現れた。当直の先生から連絡を受け、急いで戻ってこられたようだ。

「これは、これは、待たせてしもうて。昼食の後、ちょっと眠っちまって、申し訳ねえ」

校長先生は教室を丸ごと学生たちが使えるよう計らってくれた。それから飲料水タンクのある場所やトイレの場所も親切に教えてくれた。やさしい田舎のおじさんのようだ。半ズボンからむき出しの太腿をピシャと叩いてから、手のひらを確かめ、「蚊が恐ろしく多いけんど、大丈夫かのう」と、心配そうに聞いた。

「蚊取り線香ならたくさん持ってきました」と、学生の一人が答えた。

「そんならよかった。それに何より恐ろしいのが火ですけん、火の用心頼みます」

校長先生はさらに、横に立っている女性を指して、「こちらは当直のソ先生。先生は当直明けの明日、グァンジュ*（光州）の実家に帰るんです。学生さんたちがここで何の調査をするのか、知りたがっちょります」

「そうですか。なら、うちの学生と一緒に調査に参加してみませんか。きっと楽しいですよ」

と私は誘ってみた。


---

*韓国南西部に位置する全羅南道の中心都市で、人口約一五〇万人。

単にお世辞や冗談ではなく、現地の事情に明るい人が調査に加わってくれると大変助かる。調査情報を得られるのはもちろん、道案内や地元の人に会う時も心強い。現地の人が調査に参加するのは極めて望ましい。私の誘いに女性教師は目をキラキラさせた。好奇心があることが分かった。

私たちが使う教室からは広く海が見渡せた。学生は嬉々として教室に入り、背負ってきた荷物を教室の壁に沿って並べ、夕食に必要な食材を引っ張り出して一カ所に集めた。

まず学生たちに顔でも洗って来るよう指示し、それから調査計画を話し合うことにした。その間、私は職員室に戻り、調査チームに合流してほしい、とソ先生にもう一度声をかけた。ソ先生は少し考えているふうだったが、明らかに興味がある様子だった。再度の誘いに、「親が心配するかも知れないので、夕方、両親に連絡をしてから参加を決めます」との返事だった。三十分後、学生たちの集会があるので、是非参加して話し合いの様子を見てほしいと言った。

時間になると、学生たちは教室の床に車座になって座った。教室の外にソ先生の姿が見えた。早速、学生たちの間に座らせ、調査チームに参加することを改めて誘ってみた。学生たちは拍手でこれを歓迎した。

調査チームは四人で一チームとし、女子学生を各チームに一人ずつ配置した。いずれのチームも、住民との面会の際にはソ先生の助けを乞うことにした。

教室の床に地図が広げられ、第一チームは、草墳、いわゆる草の墓がまだこの島に存在しているかどうか、有るなら何基残っているか、また草墳に対する住民の意識調査をすることにした。ソ先生に草墳について尋ねたところ、赴任したばかりでよく分からない、と言った。

第二チームは、島の人々の一生を調べることにした。その内容は妊娠、出産、幼年から大人へ。結婚、還暦、葬儀などの祭礼儀式や民俗調査も含められた。特に、島の葬儀は草墳とも関係があるので、より綿密に調査することにした。

口伝文学調査チームは、漁唄や民話など、電子媒体の急速な発達によって、消滅しつつあるこれらの原型を徹底的に掘り下げることにした。民族的アイデンティティの証明となるこの分野は、語り部がいなくなる前に必ず残しておくべき遺産であることを、みんなで確認し合った。その外、島に伝わる民間信仰を調査するチームを含めた全員に、今一度、我々の使命を強調した。文化には違いがあるのみで、優劣や偏見を持たないよう学生たちに何度も言い聞かせた。

フィールドワークの中で新しいものを発見した場合、分野に拘らず、対象を詳しく調査した上で、夜の話し合いの時間に担当調査チームと情報交換をすることにした。少し自由討論をした後、全体会議を終えた。炊事当番以外は全員自由時間である。学生たちは地元の情報に関心を示し、今度はソ先生を囲んで熱心に質問をしていた。

学生たちと一緒に夕食をとった後、ソ先生は宿舎に戻った。明日の朝、調査チームはまず全員で村長を訪ねることにした。ソ先生の案内で、有力な情報提供者に容易に会えるかも知れないという期待が膨らんでいた。

私は明日の調査に影響がないよう、夜十時までに就寝するよう指示した。しかし、彼らにとって夜十時は夕方に等しい。その上、都会では滅多に見られないきらめく星空、光る波の海を眼下にして、彼らが私の言う通り早く寝るはずがなかった。私だけ早めに教室の隅に寝床を広げ、皿の上に置いた蚊取り線香に火を点した。

夜が更けて真夜中を過ぎた頃、そう遠くない所から人の騒がしい声が聞こえてきた。声は風に乗って遠くなったり、近くなったりした。時には笑い声まで混ざっていて、眠りを妨げた。

一体誰がこの真夜中に騒ぐのか、眠れないじゃないか。この村のお年寄りは、この騒ぎをどう思っているのか、叱ったりしないのだろうか。

私は何度も寝返りを打ち、眠ろうと試みた。しかし、騒がしい声は一向に止まなかった。学生たちは船旅の疲れのせいだろう、十二時を過ぎた頃からみんな眠りについて、騒ぎなど全く気付かないようだった。

一体、何の騒ぎだろう。だんだん気になり始めた。この島では祝い事などがあれば、夜を明かして騒ぐ風習でもあるのだろうか。聞こえてくる声の中には、若い人のものも混じっているようだった。全く分からない。今度は歌声も聞こえてきた。流行歌だ。曲調に合せてテーブルを叩く音や愉快な歌声、歌が終わると笑い声や叫び声も聞こえてきた。

　この非常識な出来事で、私はまんじりともできず夜を明かした。騒がしい声が静まった頃にはもう辺りが白み始めた。教室の裏側の低木の中からチュンチュンと、鳥の鳴き声が聞こえた。陽が昇ると、真っ先に鳥が鳴くというが、本当だった。

　とうとう睡眠を諦めた私は寝床を蹴って起きた。教室の中も明るくなってきた。教室のあちこちに置いた皿の中には、一晩で燃え尽きた蚊取り線香の灰がこんもり積もっていた。私は荷物の中から日記帳を取り出し、昨夜の出来事を記録した。眠れなかったことも書いた。当然、イライラしたと愚痴を書き加えた。

　陽が昇っても学生たちはまだ熟睡中だ。私はタオルと石鹸、歯磨き粉と歯ブラシを手にして教室を出た。外に出て背伸びをし、肩を左右に振った。睡眠を十分取れなかったせいか、全身が強張《こわば》っている。腰を前後に曲げたり伸ばしたり……。

　その時、教室の裏側から人の気配がした。水タンクのある方向だ。昨日当直だったソ先生が早起きしたのか、それとも校長先生の奥様なのか。夏休みなのに、こんなに早い時間に朝食の支度をと思い、タオルを首にかけて音のする方に近付いた。

　校長先生だった。歳のせいで早起きなのか、あるいは先生も昨夜の騒ぎで眠れなかったのか。

　校長先生は、洗面器に水を溜めるのを止めて、蛇口を締めながら私に挨拶をした。私は深く

頭を下げてお礼を述べた。校長先生も寝不足のように見えた。校長先生は洗面器に半分以上水が溜まると、手前に引き寄せながら、

「昨晩、うるさくて眠れんかったでしょう」

慰めるような口調で私に言った。騒がしい理由が気になっていた私は、「昨夜、何があったんですか。島中に響くような大声で歌って、騒いで、めでたいことでもあったんですか」

「イヤイヤ、知らんようですな。実はお通夜ですよ」

「お通夜ですか」

私は耳を疑った。お通夜の家で泣き声の代わりに、一晩中、流行歌を歌うとは。しかも、大笑いまで……。故人に対する哀悼はさて置き、村の若者が酒を飲んで大声で叫ぶとは、このおかしな風習が理解できなかった。

啞然としている私に気づいた校長先生は、「わしも、この島に赴任したばかりの頃、この風習が理解できんかった。人が死んだというのに、何で、大声で歌がうたえるんじゃろうか。しかも酒を飲んで、ちゃぶ台叩いて、興じるなんぞ……」。

「この島では、皆、そうしてますか」

「とんでもねえ。金のない者にゃできんことです。豚を潰して、村の連中に数日間、たらふく料理を振る舞うなんぞ、できるこっちゃない」

「それじゃあ、昨日のお通夜の家は、金持ちなんですね」

「アア、この島一番の金持ちじゃ。上の息子が光州で高位公務員しとるし、下の息子は医者というから、間違いなく金持ちじゃろ。あの家の婿は島で一番大きな船を持っとるそうじゃから、島一番の金持ちと言われるのも無理はねえ」

私は校長先生の言葉に驚いた。故人の子息が高位公務員や医師であるなら、かなりの知識人であるに違いない。当然、儒教的伝統を知っているはずの喪主が、弔問客にお酒を振る舞い、弔問客は酒にちゃぶ台を叩いて歌に興じるとは不思議な光景ではないか。

「亡くなったお父様もあれを喜ぶでしょうか」

「亡くなったのは、父親ではなく母親。数年前、父親が亡くなった時も島が揺れるほど騒いだそうじゃ。私がここに来る前じゃけど、一昨日、弔問に行った時、そんな話を聞いた」

「お母さんやご家族は、父親の時の騒がしいお通夜を好ましく思ったのでしょうかね」

「その時良かったから、昨日も同じことしたんじゃろ」

会話はここで止まった。どうしてこのような葬式の風習ができたのだろうか。頭が混乱してきた。黙ったまま私はしばらく考え込んだ。

顔を洗い終えた校長先生は、タオルで拭きながら、

「今日も天気がよさそうじゃ。ソ先生も家に帰るのを数日延ばして、一緒に調査に行くそう

じゃ」

「良かった。一緒に行けばソ先生も楽しめるはずです。ところで、あの葬式の家の出棺がいつか分かりますか」

「五日葬じゃから、明後日になるな。初日が入棺で、二日目の昨日から弔問を受け始めたから出棺前の今日か、明日にでも一度行ってみるといい。金持ちの家じゃから香典の心配など要りますまい。わしが案内しましょう」

ぜひ、喪主に会って葬儀のことを聞いてみたかった。しかし、喪中の人を捕まえて長話するのは失礼ではないか。思い切って、校長先生の案内で弔問に行くことにしようか。校長先生は、島での生活は長いけれど、このような風習に未だ馴染めない、と言っていた。朝食をとりながら、学生たちに昨夜の出来事について聞いてみた。数人は、はっきり歌声を聴いたと言い、数人は夢の中でかすかに聴いたようだと言った。そして、あの騒ぎに全く気付かない学生もいた。

朝食が終わる頃、ソ先生がやって来た。実家には連絡を入れておいたので、これから私たちと一緒に行動すると言ってくれた。私は昨日の夜の出来事を知っているのかを聞いた。眠れなくて困ったでしょう、と彼女は私たちを気遣った。

「以前も見たことがありますか」

「初めてです。大学を卒業して、これまで本土で勤務していましたから。今年の春、この島に来たのですが、昨日のようなことは初めてです」

「では、本土でこのような葬式を見たことはありませんか」

「お通夜で流行歌を歌うというのは、一度も聞いたことないです。葬式だというのに、どうして笑ったり、歌って騒いだりなんかできますか」

その通りだ。私たちの常識では理解できない葬儀の姿だった。

食事の後片づけと教室の掃除が終わり次第、教室に集まるよう学生たちに指示した。丸く囲んで座った学生たちに対し、昨晩のことを詳しく話した。驚きの表情を見せる者もいれば、頷くだけの者もいた。

「この島の葬儀の風習調査はたいへん重要に思える。調査結果について、みんなで議論し、意見をまとめて、『風の島の葬儀風俗』という調査報告書を発表するのも良さそうだ。まず今晩、全員で弔問に行こう」

「先生、それじゃ民話や草墳の調査はどうしますか」

草墳調査チームの学生が心配そうに尋ねた。自分のやるべきことがなくなることを心配しているようだった。「心配は要らない。帰納的な調査方法があるではないか。死の解釈は、人間の意識の全てと関係があるものだから。この島の人々が誕生と死をどのように受け止めているのか、なぜ草墳葬を好んだのか、子孫は草墳をどう思うのか、草墳の作り方などを調べることで、民話と関連する糸口を見出せるかも知れないし。だからそんな心配はしなくていい。まず、今晩の様子を見て、もう一度考えてみよう」

島に到着した初日は眠れない夜だったが、代わりにこの経験は幸いだった。島の上流階級といわれる人々のこのような葬儀は、興味深く、信じがたいことでもある。

話し終わるや否や、一人の学生が素早く荷物の中から本を取り出した。各地域の葬儀の風習を調べるためだった。

「村長宅を訪問する時間は決まりましたか」

私の質問にソ先生はキョトンとしていた。その表情を見て、村長に会うのは、ソ先生がいない時に学生たちと話し合って決めたことに気付いた。改めてソ先生に、村長に会えるかどうか調べてほしいと頼んだ。

「事前に予約をすれば会えるでしょう。漁に出たり、大きい島にある村の出張所に行かれたら無理でしょうけど……」

私たちは、まず昨夜のことについての議論を始めた。あのような葬儀を行う理由は何か、どのように解釈すべきかを話し合うことにした。最初に提起された問題点は、のど自慢大会を彷彿とさせるお通夜の様子である。その問題を理解するためには、葬儀の場で歌う人々の心理分析から始めるべきだろう。

「先生、歌は嬉しい時や悲しい時の感情を表現する自然な方法じゃないですか。辛い時や労働の疲れを癒すためにうたうこともあるし、時には願いを込めて、或いは懐かしさを込めたりします。これが歌の一般的な心理的メカニズムだと思います。ところが、葬儀の家で弔問客が流行歌をうたって騒ぐのは本当に珍しい例です。私たちの伝統的な葬儀、つまり、厳粛で静粛に行われるべき行事から、大きく掛け離れています」

「流行歌は哀悼の歌になり得ません。宗教的な儀式として、賛美歌や念仏なら兎も角、喪主が弔問客のそのような行為を許してはいけないと思います。本土の文化との違いがあるとはいえ、それでも何か間違っている。葬儀の家で酔っぱらうほど飲んではいけません。葬儀はあくまでも敬虔で丁重に行わなければならないと思いませんか」

「私は少し考えが違います。人の感情は、極みに達すると境界が崩れます。感情の最終局面では悲しみと喜びは同じなのかも知れません。亡者の棺を見送る際、鈴を鳴らしながら唄う『喪輿唄』は悲しいけれど、荘厳で、どこか迫力があるように聞こえます。深い悲しみには、言い知れぬ美しさもあります。西洋のレクイエムがそれです。手拍子を取りながら歌って騒ぐのも、大きな意味ではレクイエムの表現方法かも知れません。それを厳粛さに欠けていると見てはいけないと思います。ヴェルディのオペラに登場する祖国を失った悲しみを歌った『ヘブライ人奴隷の合唱』や、人間の苦悩を表現したモーツァルトの『レクイエム』のような曲は、絶望しながら、絶望を超えた歓喜であると言えませんか」

「その点からみれば、死は、生の延長線上で迎える一つの結び目に過ぎないのかも知れません。結婚や還暦のように、死者の魂が結び目を解いて喜びながらあの世に行くのを歓送しなければなりません。その歓送の行事は、生きている時と同じように、楽しい雰囲気で行うべきだと思います」

「故人を前にして、これが正しい、あれが正しいというのは、固定観念の枠に囚われた判断に過ぎないと思います。固定化した価値観で良し悪しを評価するのは、絶対的な価値とは言えないかも知れません。故人の遺志、喪主の価値観に寄り添うのもいいじゃないですか。誤った文化風習なのではなく、文化的な違いとして受け止めるべきだということです」

「しかし、私たちは法律を作り、それに従う一つの規範の中にいます。葬儀も同じです。哀悼とは敬虔な気持ちで行うべきであって、その心を引き継ぐことが正しい伝統であり、慣習です。そんな伝統をしっかりと守ることが大切だと思います」

ここで、私は学生たちの討論を遮った。新しい提案より、これまでの話を強調したり、自分の意見の正当性を他者に押し付ける雰囲気になりそうだった。

「最後に、この一言を言わないと気が済まないという人いますか。いたら、ここで一言だけ言う機会を与えます。この続きは葬儀の家を直接見て来てから話しましょう。この問題について、それぞれより深く考えて、また研究もしてみてください」

議論は一旦このへんで留めることにした。今朝、校長先生が喪主に会わせてくれると言った。可能ならば、先に喪主に会っておきたいと思っていたので、ちょうどいい機会だ。

私たちは一緒に学校を出た。もう日が高くなっていた。葬儀の家には夕方に行く予定だから、時間は十分ある。まず、村長宅から先に訪問することにした。ソ先生が先頭に立った。村長の家は学校から遠くなかった。

夫人が代わりに迎えてくれた。村長は今日、天気が良いので早朝から漁に出かけたという。午後遅い時間に戻ってきて、弔問に行く予定だということだった。

村長には葬儀の家で会えそうだ。ならば、この島で最高齢の人を訪ねてみようと、ソ先生に相談した。ソ先生は村長夫人の方を見たが、村長夫人は「なぜ高齢者に会いたがっているのか」とソ先生に聞いていた。

「その方に会って、島の昔の話を聞きたいそうです」

「耳が遠くて、一言も聞き取れないかも。家はあっちの方だけど……」

会えたとしても、話が通じないのであれば成果を望めそうにない。優先順位を考え直し、時間があれば行くことにした。私たちは話題を変えて、この島に草墳があるのかを村長夫人に聞いた。

「草で覆った墓のことでしょう。昔は山の麓に所々あったけど、探してみれば、今もどっかあるでしょうよ。それを探してどうするの」

我々の関心事が全て気になるようだ。何かを聞けば、村長夫人はどうしてなのか、何のためなのかと聞き返してきた。

村長宅を出た私たちは島のあちこちを訪ね、話を聞かせてくれそうな人を探した。島の大人たちは、殆ど漁に出て留守だった。これといった成果もないまま、昼過ぎ頃、学校に戻って来た。校長先生に会って、風の島に赴任してから経験した話を聞いてみようと思った。

校長先生は学生たちが準備した昼食を一緒においしそうに平らげた。夕方には、皆で葬儀の家を訪ねようと言ってくれた。しかし、学生たちと一緒に押し掛けるのは、招待を受けてもいないのに迷惑ではないかと少し躊躇した。

「迷惑だなんて、大勢行きゃ喜ばれる。故人は大往生で、島一番の金持ちの家だし、遠慮なんぞ要らんじゃろう。弔問客が多いほど、喪主も喜ぶじゃろう」

夕方、学生たちを含め全員で弔問に出掛けた。伝統葬儀の正装をした喪主が私たちを迎えてくれた。彼は医師だった。喪主の顔からは、悲しい表情が全く読みとれなかった。多くの死と向き合う医者だからなのか。私たちの訪問の目的を校長先生から聞いたらしく、庭に設置されたテントに案内してくれた。日中の暑さを避けるため、庭一面にテントが張られていた。

豚肉料理と濁酒が出された。先ほど我々を案内してくれた喪主がやって来て、食べ物を勧めた。初対面同士のよそよそしい空気を破って、一人の学生が昨晩聞いた歌声について質問した。理由を知りたがっている学生の質問に対し、喪主からは的外れの返事が返ってきた。

「弔問客の皆さんが十分楽しんでくださるよう、今日は真夜中に庭で芝居もやります。新しい生命の誕生に関する芝居ですから、皆さんも是非観てください」

私たちは、葬儀の家で芝居が行われることに当惑した。出棺前の夜中に出産を描いた芝居が行われるという。この不思議な話に学生たちも互いに顔を見合わせた。私も理解に苦しんだ。

喪主は芝居の行われる庭を指さして話を続けた。

「この庭には我々の人生が丸ごと沁み込んでいます。人が生まれると、庭先の扉に唐辛子や炭を下げておきます。この家に新しい生命が生まれたことを知らせるためです。そしてこの庭で結婚式を挙げ、還暦の宴や葬儀など、人生の節目節目の行事をこの庭でやります。人生はこの庭の中で回り続け、運命によって決まります。母も、父の時と同じようにあの世に行く時は、多くの人がこの庭に集まって一緒に遊んで、楽しい気持ちで別れを告げてほしいと望んでいました」

病気を治す医学の世界は科学である。運命とは、生命の奥底に潜む不可思議な精神世界のものではないか。科学的な思考によって科学を実行する医師が、検証のできない世界に関心を寄せている。興味深いことだ。そして彼はさらに言葉を続けた。

「いっそのこと、廻り回る人生を村の人たちと一緒に感じてみようと、今夜は出産劇を用意しました。私が生まれたこの島が、死を悲しみとして受け止めるだけの島になってほしくないいんです。一つの命が終われば、また一つの命がやって来るという摂理を受け入れて、母が喜んであの世に行くことができればどんなにいいか。そんな願いを込めた芝居ですから、ぜひ、観て帰ってください」

私は胸がヒリヒリするのを感じた。笑顔で淡々と話をしている喪主の目に涙がキラリと光った。

「死と生は別々ではないと思います。子供の頃は知らなかったけれど、今になって考えると、それぞれ繋がった一つの道を、順を追って進んでいるようなものです。別の個体が生と死を通して繋がっていくのが命なんですね。輪廻は医学の領域外のもので、医学的に説明がつきません。今夜の出産劇は、母が永遠に生きてほしい、輪廻説を信じたい思いから行うものです」

学生たちは口を閉ざし静かに聞いていた。話の途中、熱いスープが運ばれてきたが、話は途切れなかった。

私たちはこれまで固定観念に囚われた目で死を見つめてきた。そのような観点が偏見を生んだ。葬儀の際、楽しい歌をタブーだと考えたことも偏見に相違ない。その偏見が昨晩の出来事を不遜な行為であり、容認できないことと解釈させたのだ。物事の間違いと相違を最初から区別していなかった。

この島に存在するかどうかを確かめる草墳の痕跡もある意味で同じである。最初はただの好奇心、草の中に墓を作る特異な二重葬儀について知りたい、それだけのものだった。しかし葬儀の家で行われる出産劇を観ながら、私たちの考えが変わった。草墳は、単に遺体を草で覆うだけの行為ではなかった。より広い草原の世界へ亡者の魂を送り、人生流転を願う行為ではないだろうか。

出産劇は真夜中をはるかに過ぎて終わった。喪主と演者、観客が一体になって庭は熱気で溢れた。私たちが庭に座って芝居を観ている間、校長先生は先に宿舎に戻ったのか、姿が見えなかった。芝居が終わった後、ソ先生と私たちは海風を受けながら、昨日の昼間、子供たちが海に飛び込んだ辺りから反対側に曲がって、ゆっくりと学校に戻ってきた。

真夜中を過ぎた時刻なのに、学生たちは自然と教室に集まって丸くなって座り、出産劇の感想を話し始めた。ソ先生も学生たちに交じって熱心に自分の意見を述べていた。

死の儀式とは何か。外観的には遺体を処理する儀式である。しかし、その儀式の中に他の世界観が込められていることを知った学生たちは、爛々《らんらん》と目を輝かせて夜を明かした。人間の思考の深さ、生の深淵にあるもう一つの生を探すことに、眠気などが入り込む余地はなかった。

実習船が迎えに来るまでには十分な時間があると思っていたが、草墳の調査まで終えるには、残り四日半ではあまりに短い気がしてきた。学生たちは今日目にしたことの衝撃から抜け出せず、次の調査に取りかかる気になれないようだった。

私は昨日の夜と同じ場所に寝床を敷いた。そして調査日誌を取り出した。昨夜はうるさくて眠れず、今夜は考え事に囚われ眠れない。

寝時を失った私は起きて座った。今、消えつつある伝統と創られていく文化の価値について、自分なりの考えをまとめて書き始めた。価値観には中立などあり得ない。あるとするなら、それは偏見によって作られたものなのだ。そんな偏見が人間の秩序や人間の幸せを担保することができようか。

閉ざされた考えの垣根を揺さぶりながら、葬儀の家から歌声が聞こえてくるようだ。幻聴なのかどうか定かではないが、なぜか歌詞だけははっきり分かるような気がした。

金稼ぎに行こう　金稼ぎに行こう
珍島の海に行こう　おいらの船頭さんは運がいい
五万七千両も稼いだとさ

キャプテン・パーカー

朝起きて書斎を整理した。五、六十年前、先駆的な研究として評価された数々の本が目に飛び込んできた。先々、これらを読むことはなかろうと、この際、思い切って全部処分することにした。

今では新しい理論に基づく優れた書籍が溢れている。古書に転落してしまったこれらの本は、文献としての価値以外に保管する意味がなくなってしまった。しかし、埃をかぶり変色してしまった蔵書をいざ捨てるとなると、愛着が湧き、寂しい気持ちに駆られた。

とは言え、いつかは捨てることになる蔵書。読むべき数冊を残し、未練なく処分することにした。ついでに、書斎の片側に鎮座していた感謝牌などもまとめて取り出した。もう取っておく必要がないと思われるアルバムも一緒に捨てることにした。

決心はしたものの、愛着を捨てきれず、本のページを捲ってみたり、感謝牌を拭いてみたりした。そしてアルバムを開くと、懐かしい思い出が込み上げてきた。

午後になってやっと紐で括り、いくつかの束にまとめることができた。今日はちょうどゴミ出しの日、玄関の外に持ち出そうとした時、一枚の写真がヒラヒラと床に落ちた。学生時代、テコンドー*（跆拳道）の練習をしていた時に撮った写真だ。

肩を組んで一緒に写った笑顔の人物は、確か私より年上だったから、おそらく今はこの世の人ではないかも知れない。それとも、ベトナム戦争に派遣された後、便りが途絶えたので、戦死したのかも知れない。パーカー大尉。白黒写真を眺めながら、紳士で優しかった彼を思い出し、感慨に耽った。


米軍部隊の中にある体育館を人々は「ジム」と呼んでいた。私にそのジムを使える機会が与えられた。私にとって思いがけない幸運だったが、実はキャプテン・パーカーの尽力によるものだった。

大学入試が終わり、のんびり過ごしていた私は、しばらく遠退いていたテコンドー道場に毎日通うようになった。寒い日でも、二、三回対戦をすると全身汗だくになり、気分が満たされ、寒さなど吹っ飛んでしまうのだった。

ある土曜日の夕方、一人の米軍兵がテコンドー道場の中を覗き込んで、様子をうかがっていた。

＊韓国の国技。「跆」は踏む・跳ぶ・蹴るなどの足技、「拳」は突く・叩く・受けるなどの手技を意味し、「道」は武道の道と同義。世界二百カ国余りに普及、競技人口は七千万人を超える。

確かな記憶ではないが、道場には十人余りの人がいて、熱心に練習に取り組んでいた。しかし、誰一人、彼の相手を買って出る者はいなかった。

「キャン アイ ヘルプ ユー」

三人の有段者の中で、この程度の受け答えができる勇気ある者は私以外いなかった。有級者の中で英語を話せる練習生はいたかも知れない。しかし、道場では有段者が大将。有段者を差し置いて、しゃしゃり出るのはなかなか難しい。そんな雰囲気を悟り、有段者の私が、冷やかし半分の軽い気持ちで彼に話しかけた。

私の問いかけに彼の表情が明るくなり、道場の入口から一歩中に入って来た。そして私に向かってしゃべりはじめた。早い上に、聞いたこともない英語に慌てた私は彼の言葉を遮った。

「アイ キャント スピーク イングリッシュ、アイアム ソーリー」と困惑気味に手を振り、決まり悪そうに彼の前に立つ羽目になってしまった。道場内が一瞬静まり、私が仕出かしてしまった光景を皆が興味津々の様子で眺めていた。

「オッケー オッケー ノープロブラム」

彼のゆっくり話す英語は聞き取れた。しかし、私の実力では、それ以後の対応は不可能だった。彼はもう一歩近づいて、ポケットから紙とペンを取り出して、何かを書いて私に差し出した。

「Can I practice here?」

自分で書いたメモを声に出してゆっくり読み上げてから、私にそれを差し出した。そして私を見つめた。

彼の言葉は全く聞き取れなかったが、メモは簡単な内容だったので意味は理解できた。「ここでテコンドーを習えるか」ということだった。私はその紙に、道場の承諾があれば可能だ、と甚だ頼りない英語で返答を書いた。

それがきっかけになって、彼は私が通っている草梁《チョリャン》道場でテコンドーを習うことになった。彼の指導は、自然と私が引き受けることになった。めちゃくちゃな発音でも、彼が練習する時間帯に相手ができるのは私だけだった。私にしてみれば幸いなことでもあった。

その時期、中学・高校の英語教師は、殆どが日本の植民地時代に学んだ人たちだった。そのため、先生を始め学生の英語の発音がすこぶる悪く、一言もしゃべれなくても文法さえできれば、英語の成績はまずまずの評価を受けることができた。巻き舌のオリジナル英語など、先生や生徒にとって縁遠いことで、私も同様であった。

そんな私がテコンドーを教えるのだから、まさに犬も笑いそうな出来事だった。しかし、新たな入門者は、その当時の韓国人の英語に慣れていたせいか、私の拙い英語でもよく理解してくれた。

彼の名はパーカー。ソミョン*（西面）にあるハイアリーア米軍部隊所属の中尉だった。背が高くハンサムな上に、立ち居振る舞いも紳士的で、自分より若い私にも丁重に接してくれる謙虚な人だった。

テコンドーを始めたものの、彼にとって部隊から道場に毎日通うのは大変なことのようだった。そのため週に二回、水曜日と土曜日の夜間のみ休むことなく通い、誰よりも遅くまで練習に励んだ。練習の合間に、私の英語の間違いを正してくれたりもした。初めの頃は不慣れだったが、時間の経過とともに面白さを覚え、私は熱心にテコンドーを指導しながら、できるだけ英語で話しかけるようにした。

パーカー中尉と英語で話すのは楽しく、彼のテコンドーの上達ぶりを見るのも嬉しかった。とりわけ自分の英会話が上手くなっていくようで、誇らしく思えてきた。普段はさぼりがちの道場に、せっせと通った。学校では、私の英語が本場仕込みだと羨望の的になり、悪い気はしなかった。

初めの頃、彼はテコンドーの基礎となる騎馬の姿勢がなかなか習得できず、正拳突きの時は肩が前方に突き出て姿勢が定まらなかった。前蹴り、横蹴り、回し蹴りなども全体のバランス

＊釜山市の中央部に位置する繁華街。市内交通の要衝でもある。

が不安定で、ぎこちなかった。

しかし、軍で鍛えられた彼は、ほどなくして型の基本である太極型のバランスがとれるようになった。型が決まってくると、背が高く、筋肉の発達した彼を指導するのが負担になるほど、上達は目覚ましかった。

パーカー中尉は、ついに昇級審査を経て白帯から黄帯になった。さらに青帯を結べるようになった日、彼は子供のように喜んだ。八カ月後には青帯から赤帯になった。通常、練習を始めて十カ月は優にかかる昇級を、彼は八カ月でやってのけた。

身振り手振りを交えながら、彼と私の意思疎通はスムーズに行われた。そしていつの間にかプライベートでも親しい間柄になった。彼は可能な限り私に韓国語で話し、私は英語を使うようにした。二人は互いの語学教師まで務めるようになった。

「師範。今日、ビール飲みに行きましょう」

道場では便宜上、彼は私を師範と呼んだ。しかし、私は師範ではなかった。師範は三段以上でなければならないが、私はまだ二段だったのだ。

「私が奢《おご》ります」

彼はビールを奢ると言ったけれど、私は酒が好きな方ではない。しかし、彼の初めての誘いを断ることができなかった。それに秋に飲むビールも悪くなさそうで、気持ちがそそられた。

我々は道場から少し離れた店に入った。そこは外国人を相手にする飲屋の立ち並ぶ歓楽街のテキサス村に近かったが、我々は安価でゆっくり話せそうな店を選んだ。

「まもなく、私は大尉に昇進します」

「え、本当ですか。大尉、キャプテンに。おめでとうございます」

手を差し出して握手を求めた。彼も手を伸ばし、互いに手を握った。

「それで、大尉になると道場に通うのが難しくなるかも知れません」

「え、なぜですか」

「多分、今より忙しくなると思います」

「それじゃあ、テコンドーを辞めないといけませんね」

「分かりません。しかし、何としても黒帯になりたいし……」

彼はしばらく黙った後、

「師範がハイアリーアのジムに来ることはできませんか」

私は、最初その言葉の意味を呑み込めずにいた。

「僕が草梁道場に行けなくなったら、部隊内のジムにテコンドークラブを作って、黒帯になるまで練習を続けたいです」

「それなら、是非お手伝いさせてください。ところで、あなたの他に習いたい人がいるでしょうか」

「多いはずです。テコンドーは人気があるので、私がやりたい人を募ります」

私は良い機会だと思った。密かに夢見ていたアメリカン・ドリームに一歩近づけたような気がした。

それからしばらくの間、パーカー中尉の姿を道場で見かけることはなかった。彼のいない道場は何とも物足りず、練習にも身が入らなかった。それでも彼からの連絡を心待ちにしながら、水曜日には大学から道場に直行した。特に土曜日は、いつもより早く道場に出かけた。

予想通り、土曜日の夕方、彼が道場に現れた。肩には大尉の肩章が光っていた。彼は久しぶりに私と一緒に練習をした後、バッグに道着を仕舞いながら、早く部隊に戻らねばならないと言った。そして、二週間後の土曜日の昼にハイアリーア米軍部隊の正門前で会いたいと言った。

「私は一度もそこに行ったことがなくて……」

たじろぐ私に彼は、「土曜日の午後二時、部隊の正門前に来てください。あとは私が案内します」

彼はそそくさと帰って行った。韓国の習わしなら昇進を祝って一杯飲むのだが、残念ながらあっけない別れだった。

他の修練生たちは、彼がなぜ足早に帰ったのか気に留めなかった。高校生も数人はいたが、勇気を出して米軍将校に話しかける自信はなさそうだった。大学生で、しかも有段者である私が彼を教えているので、割り込む勇気がなかったのだろう。

我々が練習している時間帯でもう一人の有段者は、中卒の魚市場の従業員だが、彼は英語には全く関心を示さなかった。私との対戦に情熱を燃やし、私を負かすことが目標だった彼は、私がパーカー中尉だけを相手にするようになると対戦相手がいなくなり、張り合いを無くしたようだった。彼は修練生全員が総当たりする練習で、相手をサンドバックのように蹴る癖があった。外国人に対する乱暴な攻撃を禁じた館長の厳命にもかかわらず、パーカー中尉との対戦の時には猛攻撃を浴びせ、技量の差を見せ付けたがっていた。嫉妬のような感情を発散できず悶々としているようにも見えた。

パーカー中尉はそんな彼を相手にしても冷静に対処していた。体が大きいので、大抵の攻撃にもよく耐えた。有段者の実力に近い赤帯になったパーカー中尉は、攻撃のポイントとなる箇所の防御もかなり上手になっていた。

釜山市テコンドー協会が主催する「優秀有段者選抜競技大会」が行われる日だった。階級別の優勝者には一階級昇段の機会が与えられる試合だった。

試合会場である某大学の体育館は、日曜日だったこともあって朝からごった返していた。主催側の協会関係者はもちろん、出場選手の応援のために各道場の関係者、家族や知人まで集まり、試合会場はまるで市場のようだった。

試合場は体育館の真ん中に設けられ、初段は二カ所、二段は一カ所でそれぞれ試合を行った。三段以上は試合中に、攻撃または防御のミスがあった場合、致命的なダメージを負わせる危険性があることから組手の試合は行われなかった。また、体育館の隅に有級者のコーナーを設け、彼らも試合経験ができるよう配慮されていた。

我々の道場からは、夕方の時間帯に練習している有段者として私を含め、二段が二人、昼間の時間帯からは初段が四人、計六人の有段者が出場した。

当時、選手たちの安全防具と言えば、胴回りを覆うものだけだった。当然ヘッドギアのようなものはなかった時代だ。私の一回戦は十時三十分からだった。勝者が勝ち上がるトーナメント方式である。私はライト級で、同僚の有段者はウェルター級だった。同じ二段だが、体重別に試合の時間が異なるため、彼の一回戦は十一時三十分からだった。

試合開始の時間になった。審判の「はじめ」、「止め」の号令の声が会場のあちらこちらから断続的に聞こえてきた。応援の歓声、拍手の音が入り混じって会場がどよめいたかと思うと、息を殺したように静まり返る時もあった。

私は、何度もトイレに行き、頻繁に水を口にした。緊張のせいだった。自分の順番が近づくと、緊張で体が締めつけられるようだった。しかし、いよいよ試合時間が迫って来ると少しずつ緊張が解け、ガチガチだった体も幾分ほぐれてきた気がした。ついに私の番になった。師範が私の防具の背中の紐を結び、肩を揉んでポンと背中を叩いた。

「絶対に視線を落とすなよ。目を大きく見開いて、相手をまっすぐ見て攻撃するんだぞ。分かったな」

青コーナーの選手と赤コーナーの選手が紹介され、双方は所定の位置についた。審判が拳を触って、グローブの中に異物が入っていないかを確認した。それから互いに向かい合って構えた。

ゴングが鳴った。主審の「はじめ！」と大きく叫ぶ声が私の耳に入った。

試合の開始と同時に、相手は素早く前突き蹴り、続けて回し蹴りを繰り出してきた。普通なら攻撃の機会を窺い、軽くステップを踏みながら相手の様子を探るはずなのに、この選手は電光石火のように先制攻撃を仕掛けてきた。私は一歩下がりながら攻撃を躱《かわ》し、相手の勢いを遮った。

確かに瞬発力のある攻撃だったが、破壊力が全くなかった。それでも応援席からは拍手や歓声が上がった。相手選手の応援団が私の気を削ごうとしているようだった。そんなことで挫けるほどやわな私ではない。これまでの経験が私を強くしていた。

相手が攻撃してくる瞬間が私の逆襲のチャンスでもある。軽く体を横にそらし、相手に向かって高く飛び上がった私は、体を捻りながら横蹴りを入れた。足先に何か引っかかるものを感じた。相手の脇腹の防具だった。あまり衝撃がなかったようで、彼も一歩後ずさりして正確に防御した。一進一退、二人の実力は互角と感じたが、何故か私は全く緊張していなかった。

「止め！」

審判が試合を止めた。私は審判をちらっと見た。試合場の真ん中を指さして、そこで試合を再開するようにとの指示だった。ラインの外に出ていた相手は、中に入って再び構えの姿勢を取った。

「はじめ！」

試合が再開され、二人は一進一退を繰り返した。互いに有効ポイントを上げられないまま試合が続くと、審判は双方に積極的な攻撃を促した。相手は何度か攻撃を試みた。しかし、有効打につながらなかった。私も相手の攻撃の隙を突いて攻めたが、得点にならなかった。

ゴングが鳴った。

「あいつが攻撃する瞬間を捕まえて懐に飛び込んだ。分かったか！　単発じゃなく続けて。体の中心が移動する隙を狙って、それからお前の得意な回し蹴りと横蹴りを続けて繰り出すことだ。分かったな。自信を持ってやるんだぞ」

三ラウンドが終わった。決して甘くない相手だった。主審と副審が協議の上、得点計算をして勝者を決定することになりそうだ。協議はすぐ終わった。

私たち二人は、それぞれ審判に手首を握られた形で試合場の真ん中に立った。騒がしい応援の声が一瞬止んだ。私の手が上がらないこともあり得ると思うと、緊張が走った。私の手が上がった。優勢勝ちだった。

「よくやった。危なかったぞ。相手もなかなか強かった」

師範と館長も私の勝利を祝ってくれた。二人は、この最初の試合が今日の勝敗を決めることになるかも知れないと言った。今思い返しても、相手は本当に執拗に食い下がるタイプで、隙を見せなかった。決定打を与えられず残念だったが、優勢勝ちしたのは幸いだった。

水を飲んで、ロッカールームに行き、汗で濡れた道着を脱いで乾かしながら少し休んだ。Tシャツに着替えて外に出ると、会場のざわめきが聞こえてきた。スタンドに行き、応援席に腰を下ろした。

「おお、キャプテン・パーカー！」

キャプテン・パーカーが、私を見つけて走り寄ってきた。日曜日なので試合を観に来たそうだ。

「師範の試合観ましたよ。おめでとうございます。今日の試合、本当に良かったです。相手もよくやったけど、それでも師範が勝つと思いました」

彼は私の勝利を心から喜んでくれた。優勢勝ちではなく、KO勝ちだったら、もっと良いところを見せることができたのに、残念だった。次の試合を観戦して、午後には部隊に戻るということだった。

私の二回戦は、一回戦よりもはるかに楽だった。準決勝も楽勝で、決勝戦は互角の戦いを続けたが、ついに勝利を掴み取ることができた。最初の試合が決勝戦のようなものだと言った館長の言葉の通りになった。

翌朝の新聞に、ライト級優勝者として私の写真と共に紹介の記事が載った。新聞に写真と名前が載るは生まれて初めてだった。記事には一緒に参加した同僚の名前はなかった。

土曜日の午後二時、時間に合わせて約束通りハイアリーア部隊の正門前に到着した。門番の憲兵が、出入りする人や車を一つ一つ検問していた。私は道を挟んで反対側からその様子を眺めながら、キャプテン・パーカーが現れるのを待った。

彼はまるで時計の針のように時間きっかりに現れた。彼を見つけた私の方から手を振った。彼も私を見つけると手を上げ、足早に道路を渡ってきた。

「この前の試合、おめでとうございます。新聞見ましたよ。きっと優勝すると思っていました」

私たちは部隊の中にあるジムの休憩室で、向かい合って座った。

「昼食、食べましたか」

もう済んだと言うと、コーヒーでもと誘ってくれた。待っていると、生まれて初めて見るような大きさのコーヒーカップ二つを手に戻ってきた。

彼は部隊の中のジムでテコンドーの練習時間を確保し、火曜日は午後五時から、金曜日は午後六時から練習しているとのことだった。パーカー大尉自身が責任者になって、すでに十人程の参加者を募っており、今後、数はさらに増えるだろうとも言った。

ジムでは指導する人をインストラクターと呼ぶが、そのインストラクターはすでに私に決めているとのことだった。新聞に載った私の記事が、インストラクターの決定に役立ったそうだ。早速、写真を撮り、インストラクターの同意書に住所と生年月日を記入しサインをした。写真は後で自分が貼っておくと言ってくれた。私への謝礼金も教えてくれたが、思ったより大きい金額だった。

思いもよらない方向に次々と話が進み、少し面食らった。以前、彼から話があった時、どちらでも構わないと軽く考えていたが、事がこんなにとんとん拍子に進むと、却って負担になってきた。

「もう少し練習時間が取れるといいんですが……柔道チームと交代で使うので、仕方ありませんでした。でも、もっと時間が取れるよう努力してみます」と言ってくれた。

こうして私はキャプテン・パーカーのお陰で、思いがけず米軍部隊のテコンドー師範になった。密かに夢見ていたアメリカン・ドリームに、一歩近づいたような気がした。

「練習はいつから始めますか」

「早速、来週からでもいいです。時間は確保しておきましたので」

「では、来週の火曜日から始めましょう。しかし、言葉が十分ではないし、初めてなので、キャプテン・パーカーの助けが必要です。もちろん私も最善を尽くしますけど」

キャプテン・パーカーに会って四日後の火曜日、私は朝、大学に行く時、道着を予めバッグに入れて出かけた。日中は全く授業に集中できなかった。時計ばかり気にしながら、キャプテン・パーカーがくれた部隊の臨時出入許可証をいじっていた。

ジムでは、黒人兵士五人と白人将校一人、そしてキャプテン・パーカーが道着を着て私を待っていた。私の到着を確認した彼らは、ケーキとコーラ、そしてバナナを載せたテーブルを持ってジムの中に入ってきた。いわゆるオープニング・セレモニーだ。簡単な自己紹介を済ませ、私は当時、大変貴重だったバナナを一本食べ、コーラを飲んだ。そしてすぐに練習を始めた。

「まず、プムセ*（型）をやって見せてください」

そうだ。キャプテン・パーカーの言う通りだ。私はすぐ、平安の型を一緒にやろうとキャプテン・パーカーに提案した。有級者のプムセの中で最も華やかで、さまざまな要素が加わった型だ。それに、習得して間もないとは言え、キャプテン・パーカーが最も得意な型でもあった。ジムの真ん中に立った私は、草梁道場と同じように、「気を付け、礼、プムセ準備」と、腹に力を入れて次々に号令を掛けた。そして「はじめ！」と鋭く叫び、模範動作をやって見せた。キャプテン・パーカーも、草梁道場でやっていた時よりも力強く、私と呼吸を合わせながら動作を行った。

新人たちは目を大きく見開いて見つめていた。二人が一糸乱れず行う動作を、自分たちにできるだろうかと思っているようだった。

「初めは、私も今の皆さんと同じでした。しかし、一年もすれば皆さんは今の私より上手になれます。私はテコンドーを始めて僅か十カ月しか経ちませんが、とにかくやってみましょう。インストラクターは、釜山の選手権大会で優勝した非常に優秀な方です」


*世界テコンドー連盟では、型を「プムセ」（品勢）と呼ぶ。

キャプテン・パーカーは、自分の経験を交えて、初心者の皆を懸命に励まそうとした。早速、基本姿勢から教え始めた。

初心者は誰しも、最初は身動きがぎこちない。他のスポーツに比べて使う筋肉が異なり、攻撃と防御の姿勢もボクシングとは全く違う。しかし、キャプテン・パーカーは、初心者らを上手くまとめ、楽しく練習ができるよう気を配った。彼は軍人らしく、計画と実践が一貫しており、判断が迅速だった。

騎馬の姿勢と前突きの練習をする内、時間になった。今日習った基本動作と姿勢にもっと慣れるため、一人一人に鏡を見ながら練習するよう指示した後、キャプテン・パーカーとは、約束組手と自由組手で体をほぐした。初心者たちは動きを止めて、キャプテン・パーカーと私の組手練習を感心した様子で見つめていた。初日の練習はこうして無事に終わった。

道衣をカバンに詰め、部隊の正門を出てバス停に向かう私は、清々しい気分になった。その反面、不安もよぎった。一銭のお金も掛けずに本場の英会話を学べるばかりか、テコンドーを指導して謝礼金まで受け取ることができるとは、大変な幸運に違いない。しかし、私よりはるかに体が大きく、屈強な人たちを果たして上手く教えられるだろうか。不安になるのも当然であった。

次の練習には、黒人兵士三人が新たに加わった。キャプテン・パーカーは、自分の練習より、新会員に基本動作を教えることで忙しかった。終わる直前の僅かな時間に私と約束組手、自由組手の練習をする程度で精一杯だった。

「落ち着いてきたら昇段審査の準備もしましょう。組手は毎回、私と一緒に今日のようにすればいい」

基本姿勢の習得は兵士より将校の方が早かった。兵士に比べて柔軟で要領がいいからなのだろうか。そのうち姿勢が決まってくると、兵士たちは基本動作の練習ができるようになった。キャプテン・パーカーは兵士たちに正拳突き、前足蹴り、回し蹴り、上段受け、下段受けなどを教えながら、自身の昇段の準備もしていた。さらに毎週土曜日には、草梁道場に来て昇段審査に向けた仕上げ練習もやった。彼の熱心な取り組みを見て、不安要素は何一つないと誰もが思っていた。道場の師範にこれ以上、彼に教えることはない、とまで言わせた。

昇段審査が終わった日、彼は私に思いがけないことを告げた。

「来月の四日、アメリカに戻ることになりました」

「え！　帰国することになったのですか。良かったですね。おめでとうございます」

しかし、彼はそんなに喜ばしいことではないと答えた。彼が転属辞令を受けた場所は、故郷とは程遠いアメリカ中南部、ミシシッピ川下流に位置するルイジアナ州のセントタマニー郡という所だった。そこで熱帯・亜熱帯地域に対応した軍事訓練を受けた後、中近東やインドシナなどの紛争地域に配属される可能性が高いということだった。

戦争再発の危険性の低い韓国から、兵力の一部を紛争地域に移動させる計画に沿ったものだと言う。

私はかける言葉が見つからなかった。彼を通じて英語を習得し、いつか自分も米国に留学できるかも知れないと夢見ていた。しかしその一方で、叶わない夢かも知れないとも思っていた。そして、その夢が崩れていくのを感じた。

英語も話せない貧しい国の大学生がアメリカに入国するためには、まず、アメリカ人の招状が必要だった。国民所得わずか一〇〇ドル程度の国の貧しい学生が、アメリカ国内で生活に困窮することがないよう財政保証人が必要だった。私は、それをキャプテン・パーカーに頼めたらと、密かに期待していたのだった。

「有段者証が出るまでどれくらい時間が掛かりますか」

「遅くとも、一カ月以内には出るでしょう」

私の思いと彼の思いは異なっている。彼の唯一の関心事は有段者証のことなのだろう。

「もし、証明書の発行が遅くなったら、郵送してくれますか。アメリカの住所を出発前に教えます」

「もちろんですよ。必ず送ります。でも、多分、出発前に出るでしょう」

その後、キャプテン・パーカーがジムに姿を見せることはなく、連絡もなかった。おそらく出発の準備で忙しいのだろうと思った。

予想通り、ひと月ほどしてキャプテン・パーカーの有段者証が草梁道場に届いた。私はそれを持って、ハイアリーア部隊のジムに行った。しかし、その日もキャプテン・パーカーの姿はなかった。彼は数日前、急遽、帰国したとのことだった。

その後のジムは、私にとって主を失ったように空虚な場所になってしまった。新会員の数は増えたが、傍で指導を手伝ってくれたキャプテン・パーカーがいないことが、余計そんな気持ちにさせた。

やがて、彼からの手紙がジムに届いた。急いで帰国することになって、挨拶ができなかったこと、到着後は暑さの中で厳しい訓練に明け暮れていたこと、いつかまた韓国に行きたいと書かれた手紙の最後に住所があった。そして、状況次第で住所が変わるかも知れないので、その時は改めて連絡すると書き加えてあった。

さらに、夏が終わる頃、キャプテン・パーカーから三回目の手紙が届いた。二回目の手紙は、送った有段者証を無事受け取ったという簡単な内容だった。しかし、三回目の手紙は少し深刻な内容だった。

彼は数日後、ベトナムに向かうのだという。戦場に行くことになるので、いつまた手紙が書けるか分からない、機会を見つけてまた連絡をする、ということだった。北ベトナムの魚雷艇三隻が、この八月二日、米国艦艇を攻撃したことで勃発した戦争なので、あまり長引かないだろう。戦争に勝利して再び韓国に行きたい、と書かれてあった。

私の思考が一瞬停止した。

一九六四年八月、ベトナムの東海上で演習中だった米軍の艦艇が突然、北ベトナムの魚雷艇の攻撃を受けたのである。キャプテン・パーカーは、それより前にアメリカ南部の低湿地帯で、熱帯地域に備えた軍事訓練を受けていた。何か嫌な予感がした。

しかしそれは、私にはどうにもならないことだった。インドシナ半島やベトナムで起きた戦争で彼が無事であること、戦争が終わったら、彼の望み通りもう一度韓国に来てほしい、という思いだけだった。

彼は、あれほど願っていたテコンドーの黒帯を獲得した。二人がこの道場で気合いを発しながら、後輩を指導できる日が来ればどんなに良いだろうか。それは、私にとっても再び彼から英会話を学ぶことのできる機会でもある。

しかし、そんな機会が来ることはなかった。彼を通して、米国留学の門が開かれる夢は幻になってしまった。

私も八十路を迎えた。キャプテン・パーカーは、数日後ベトナム戦線に向かうとの手紙を寄こしたきり、その後、彼から便りが届くことはなかった。

一人になった部屋

『一族再会』、若かりし頃に読んだエリオットの戯曲のタイトルである。盆正月には皆が集まって、賑やかになる我が家にぴったりのタイトルだ。その戯曲の内容は復讐の話だが、我が家の再会は大騒ぎの中の喜びの話である。だから、私たちの家族再会の話の方がずっと良い話かも知れない。

孫たちは、昨年に比べ見違えるほど大きくなっていた。盆正月に必ず顔を見せてくれるのが可愛くて仕方ない。中には、もう変声期を迎えた子もいる。大きくなったと言っても私にはいつまでも子犬のように見えて、只々可愛い。だから盆正月は、疲れるけれど待ち遠しい。

普段は寺のように静かな家がこの日だけは熱気に包まれる。魂が抜けたようになると言う人がいるけれど、忙しさと騒がしさで、正にそんな状態になる時がある。居間の床で飛んだり跳ねたり、転んで泣いたりする孫たち。これが生きていることなのだと実感が湧く。

騒ぎの中で時間はあっという間に過ぎる。日が暮れる前に、息子たちの家族はそそくさと子供らの手を取って自宅のあるソウルに向かう。騒がしかった家は、彼らが去った後、ようやく静けさを取り戻す。

静かだった家が一瞬にして嵐のようになっても、夫は全く嫌な顔をしない。それどころか、盆正月が近づくと、何か美味しいものをたくさん用意するよう私にせがむ。歳とともに膝の具合が芳しくない私は、市場に行って買い物をし、立って料理をするのがしんどくなってきた。それでも自分の子供のことになると、家の中がまるで戦争のようになっても嫌ではない。それに孫たちが泣いたり喚いたり騒いでも、生きている間にあと何回会えるかと思うと、全てが愛おしく思える。夫は孫たちの相手をして、努めて疲れを見せないようにしている。

賑やかな孫たちが帰っていくと、二人はしばしの解放感に浸る。つけたままのテレビが一人でしゃべり続けていても気にせず、夫はぐったりして部屋に入ったまま静かになった。最近、夫の健康状態が気掛かりである。歳に勝てる人はいないと言うけれど、目に見えて衰えが目立つようになった。今日も風呂に入らず横になってしまった。昼、孫たちに揉まれてひどく疲れたのだろう。「退行性関節炎」。これによって、ぐんぐん背が伸びる孫たちに反比例して、私は小さくなり動きも制限される。

世間の嫁たちは、盆正月が近づくと、盆正月症候群に悩まされると言う。さらに、盆正月ノイローゼになる人もいるそうだ。私が若かった頃もそうだったが、姑となった今でも一族が集まって祝うこの日の用意は大変だ。孫たちに会えるのは嬉しいけれど、お節料理などの準備を思うと気が重くなる。

もちろん、七十を過ぎて、寒い中、具合の悪い膝を抱えて正月の仕度をするのは、誰でも容易なことではないはずだ。一日中、チヂミやナムルなどの料理で台所に立ち続けるのは、私にとって重労働である。それでも普段、会えない孫たちが来るのに、「おばあちゃん」と呼ばれるだけで心がとろけるのに、御馳走を準備せずにいられれようか。

夫も、正月が近づくと、子供たちが好きなものをたくさん用意するよう何度も言う。その一方で、無理せず気楽に、とも言う。そう言われても、膝も腰の具合も優れない今の私にとって、手抜きするのも簡単ではない。お節料理とは、もともと手間のかかるものなのだから。

数年前までの私なら、それほど負担ではなかった。家中賑やかに活気づくのが嬉しく、また自慢でもあった。孫たちにお年玉をねだられても堂々としていられた。その頃は夫の収入があったので、お年玉もたっぷり与えられた。一人一人に手渡す楽しみもあった。

しかし、この頃は大きい孫はもちろん、小学生の孫娘さえ手強い相手になってきた。お年玉の単価が上がったうえに、遊びも昔の子供とは違う。可愛いと思う一方で、早く帰して、ゆっくり休みたいと思う葛藤が生じるのである。

子供たち一家が帰った後、家の中が静かになると、散らかった居間を大まかに片づける。顔を洗った後、眠っている夫を起こさないように、そっと隣に布団を敷いて横になって腰を伸ばすと、ボキボキと骨が鳴った。

私たち二人はしばらくの間、別々の部屋を使っていた。しかし、数年前から再び同じ部屋を使うようになった。テレビで流れた突然死についてのニュースを観てからだ。隣に人がいれば少し安心だ。二人のうち一人にもしものことがあっても、傍に誰かがいれば気づくことができる。もしいなかったら本当に手の施しようがない。

脳出血や心臓発作の場合、三時間以内に病院に運ばなければならないと言う。三時間以内だと命を救うことができるそうだ。傍に誰もいなければ、このゴールデン・タイムを逃してしまう。そんな悲劇を防ぐためには、夫と同じ部屋を使うしかない。夫の方も私の意見に笑って同意した。昔ならとっくに姨捨山《うばすてやま》行きの年齢に達した今、二人は再び同じ部屋を使うようになった。

夫は、若い時もお酒をあまり好まなかった。今では全く飲まない。寝ても殆どいびきをかかない。寝息も規則的で静かだ。とは言え、老人性高血圧に不整脈があると診断され、いつも注意を怠らない。

寝る前の私はいつも足を引きずりながら、ガス管を締めたかどうかを確認する。電気のコンセントを抜いたかどうか、最後に玄関ドアも確認する。ドアの鍵を締めたかどうかが気になりだすと、どうしても眠れない。そんな時は面倒でも起き上がり、もう一度玄関の戸締まりを確かめる。こんなことを何度繰り返したことか。

今日も重い足に鞭打って居間の灯りを消した後、部屋に入り夫の隣で静かに布団を敷いた。体を伸ばすと、関節が音を立てて全身に頓痛が走った。そんな時は、昔、教師だった頃に立って働くことが多く、関節に無理があったのだろうと思い返したりする。

少し無理して腰を伸ばして深呼吸をする。すぐに寝つけない時は、一つ、二つと数を数える。他の考えを頭から追い出し、ただ次の数字だけに集中する。そうすると、雑念が割り込む隙がなくなって心拍数が一定になり、呼吸が整い、早く眠りにつくことができる。

昼の間、かなり疲れていたようだ。夜は楽に、しかもすぐ眠りに落ちた。夫は私より先に眠りの深い沼に沈んでしまったようだ。眠りに落ちる瞬間、傍にいる人間はもちろん、心配事も消え失せ、ただ静寂の中を漂うのだろう。

私たち二人は、どちらかに急を要する事態が起こった場合、まず、救急病院に電話をかけようと話し合っていた。しかし、病院に運ばれ、蘇生の可能性がないと診断された時は、決して無理な延命治療はしないと決めた。我々に残された時間を知ることはできないけれど、呼吸をするだけでは生きているとは言えない。お荷物になるだけの命に延命治療など意味のないことだ。

夫と私はこの問題について完全に意見が同じだった。脳死状態に陥った時には臓器を提供することまで考えが一致していた。

例えば眼の場合、夫はこう言っていた。死んであの世に行く時に、眼がなくてあの世を見つけられず黄泉を彷徨《さまよ》うなら兎も角、死んだ人に眼など何の役に立つのかと。少しでも人の役に立つのなら幸いだ、と言った。私もその考えには同感だった。死んで誰かに光を与えられるなら、眼も浮かばれよう。

夫は今、深い睡眠の沼に沈んでいる。傍に人がいることなど全く感じないようだ。深い眠りに落ちた人の意識は、深海の世界に沈むのか、それとも空中に蒸発してしまうのか。隣にいる妻の吐息など、無重力の中を漂う無関心の領域なのだろうか。

昔の私は、夫の腕に抱かれて眠るのが好きだった。眠るよりいつまでも目覚めていたい、そんな思いをしていたものだ。夫も私が胸の中に抱かれるのを待っていた。

私が職場から帰って、遅くまで家の片づけをしていると、夫は部屋の中から咳払いをして合図を送ってきた。しかし、いざ二人だけになっても、両親がいる隣の部屋をいつも気にしなければならなかった。

しかし、夫は年を重ねるにつれ、隣に妻が居ようが居まいが、寝ようが起きようが、全く関心がない。傍に人がいることさえ、やっと気づくほどだ。その内、二人は自然と別々の部屋に移った。それが今になって、お互いの生存を確認し合う必要から再び同じ部屋を使うようになった。

月に一度の同級生の集まりでこの話をした。同じ理由で再び夫と同じ部屋を使い始めたのは私だけではなかった。もっと早い時期に決断した一人は、「お母さんは、いいわね」と長女にからかわれたそうだ。私のケースが珍しいわけでもない。わざわざこんなことを皆に自慢したり、恥ずかしがる歳でもない。

歳月には表情がない。しかし、時間は舞台裏でマリオネットを操る人形使いのように人を操る。人間は時間という人形使いの手先のままに動いているのかも知れない。

夫婦が再び同じ部屋を使うようになったものの、二人に残された時間はあまり長くない。老いとともに手足が次第に冷えていくように、愛も情熱もいつの間にか冷めていく。さらに時が過ぎれば、二人は呼吸も体温も感じられない永遠の眠りにつくことになる。つまり、この世の部屋とあの世の部屋に分かれて眠るのである。こうした別れの時を遅らせようと老夫婦は同じ部屋を使うようになり、やがて訪れる別れの予行演習をしながら、盆正月には家族の再会という生の輝きの一片に触れるのである。

私の最初の赴任先は山間の僻地にある小さな小学校だった。

赴任先に向かうバスは村の入り口にある原っぱの角で止まった。バスが停まると、できたばかりの道の土埃が舞い上がった。春分を過ぎても山間部の空気は冷たかった。風呂敷包み一つを提げて降り立って辺りを見回してみたが、信じられないほど静かだった。肌をかすめる風も風景も寒々としていた。

教師とはいえ、師範学校を卒業したばかりの十八歳。生まれて初めての乙女の旅に誰かが同行してくれてもよさそうなものなのに、父は小さな町工場を営み、私が赴任先に向かう日も営業で出かけていた。母も小さい子供の世話をしながら、工場の手伝いをしなければならず、一時も留守にできなかった。

バスから降り立ったものの方角がまるで分からない。荒涼とした原っぱと学校に続くと思われる道があるのみだった。右手には山のなだらかな傾斜に段々畑が広がり、平らになった所を横切って道ができていた。段々畑の端を囲むように、小川が冷たく煌《きら》めきながら流れていた。

小川を渡った。山の麓に藁葺き屋根の人家が数軒うずくまっていた。畑に向かう人に学校の場所を尋ねた。この道に沿って山の麓まで行き、山裾を曲がってさらに十里程行けば、村があり、そこに学校があるとのことだった。

テクテク歩いて辿りついた小さな学校では、若い校長先生が私を待っていた。彼は私の意見を尋ねるまでもなく、子供たちがいて煩わしいだろうが、住まいが見つかるまで校長宿舎の空き部屋を使うようにと言ってくれた。一人の男性教師が運動場で子供たちとボール蹴りをしていた。

校長先生に赴任挨拶をした後、再び手荷物を持って外に出た。校長室を出ると、ボールを蹴っていた若い先生が走り寄ってきて、私の荷物を持ち、校長宿舎まで案内してくれた。彼は隣村の村長の息子で、春休みなのに四月の新学期の準備のため学校に来ていた青年教師だった。それが彼と私の初めての出会いだった。親切な校長先生の奥様の助けを借りて、数日後、学校の近くに下宿を見つけ、自炊生活を始めた。

鳥の大群が夕暮れ時に巣に戻る。私は鳥の囀り声に合わせて下宿に戻り、夕食の用意をした。すべてが初めてのことばかり、一日一日が目新しく楽しい日々だった。男性教師は同じ師範学校の先輩だったので、すぐ親しくなり、私の下宿先を度々訪ねて来た。時には下手な料理でも、ランタンに火を点し、一緒に夕食をとった。粗末な料理でも気分は盛大なご馳走にも劣らなかった。

お互いが好意を持って頼りにしていた頃、先輩教師が釜山に転勤することになった。彼が去った後、余計一人ぼっちになったように感じた。

その時からだった。校長先生が進んで仲人を買って出てくれ、私たちはついに夫婦になった。赴任先での勤務年数を満たさなくても、夫婦は同じ地域で勤めることが可能だったので、赴任二年目の私は夫のいる釜山に異動することができた。

釜山で生活する数年の間に、二人の子が生まれた。夫は中学校教師になることを熱望した。

中等課程の教師が不足していたため、資格さえあれば中学校に移るのが容易な時代だった。

二十六歳になって、夫は夜間大学に入った。社会科二級の正教師の資格を取得するためだった。自身の適性に合うといって歴史を専攻した。歴史科目は希望者が割合に少なく、当時は大学進学も難しくなかった。彼は中・高等学校が続々新設される大都市の目覚ましい変化の中で、小学校教師に留まることに満足できなかったのだ。

中等学校二級正教師の資格を手にした夫は、ついに、渇望していた中学校教師になり、さらに数年後には高校教師になった。上級学校に移る度、彼は新しい教材の準備に余念がなかった。日曜日も本と弁当を持って学校に行った。その間、一番下の娘を含む三人の子はすくすく成長した。元気のよい子供たちだった。

夫は何事にも一所懸命だった。これは夫の長所であったが、短所でもあった。子供たちは大きくなるまで、日曜日も学校に行ってしまう父親と接する時間が殆どなかった。

「週末未亡人」になっても、私は全く不満に思わなかった。休日になると、私はのり巻きを作って、父親の代わりに子供たちの手を引いて海や公園に出かけた。体は辛いけれど、真面目な夫と元気な子供たちに囲まれいつも幸せだった。十分な親の後押しもないのに、常に良い成績の子供たちに感謝していた。

若い教師、覇気のある教師、研究熱心な教師。今では殆ど聞かれなくなった言葉だが、夫は四十代まで、教師の手本のように誇りを持って職務を果たしていた。

「子供をきちんと育てなくては」、それが私の使命だった。私は初めから自分自身の栄達《えいたつ》など考えもしなかった。私は小学校教師としての日々に十分満足していた。学校が終わると、いそいそと家に帰り、より多くの時間を子供たちと一緒に過ごすことがひたすら楽しかった。その後、子供たちの世話に専念するため学校を辞めることにした。

その時から私は、家で子供たちの個人レッスンができるよう英語の勉強を始めた。大変だったが、その時、ヘミングウェイを読み、初めてエリオットにも出会った。

一番上の子は軍を除隊して大学に戻った。二番目の子も大学上級生、末っ子の娘だけが高校生だった。長男はソウルの名門私立大学に通っていた。次男は幸い国立大学に入った。しかも全額支援を受ける奨学生だったので、授業料の負担も比較的少なかった。とは言え、夫婦二人で稼いでいた頃と違って、一人の給料で子供二人をソウルの大学に通わせるには甚だ力不足だった。毎月の下宿代と本代、それに小遣いまで送ろうと走り回った。末娘の授業料も侮れない負担で、全てを受け止めるのに息絶え絶えの状態だった。

子育てに専念しようと教職をやめたことが、逆に自分を苦しめることになってしまった。後悔先に立たず、今さら考えても仕方がないので、耐えるしか方法がなかった。

少しでも家計の足しになればと、夫は個人レッスンのアルバイトをしようとした。しかし、社会科の教師、とりわけ歴史科目の教師にそんなチャンスは殆どなかった。大学の入試科目として冷遇され、さらに歴史は危険な科目というレッテルが貼られていた。当時の政治的な背景や社会の雰囲気が深く関わっていたからだ。

高校生の娘の授業料も算盤を弾いてみると、ほぼ大学の授業料と同じレベルだった。それに高校には全額奨学金や半額奨学金といった支援制度がなかった。子供三人の教育と暮らしを両立させるため、何か手立てを探さなければならなかった。結局、国語や英語のように入試に重要な科目は、私が勉強して教えることにした。子供の塾にかかる経費を節約する以外、方法はなかった。

教師とは、他人の子供は教えられても、自分の子供は手に負えないものだ。この逆説を解決しようとしたが、答えがなかなか見つからない。さらに子供たちが大きくなるにつれ新たな問題が圧《の》し掛かってきた。ぐんぐん成長する子供たちの衣服もその一つだった。次男は長男のお下がりで何とか賄った。しかし、末っ子は事情が少し違う。女の子は気難しく、他人のお下がりなど嫌がっていたけれど、それでも仕方がない。友人の娘の服を譲り受け、手直しをして着せた。

余裕のない暮らしだったため、小遣いもギリギリまで減らした。育ちざかりの子供たちにとってみれば、当然不満だっただろう。それでもよく我慢してくれた。私たちの暮らし向きを理解してくれた子供たちに只々感謝するばかりだ。

今、思い返してみても、あの頃はよくあんなに限界まで生活を切り詰められたものだと感心する。美容院に行ったこともなければ、まともに服一枚買ったこともなかった。それでも子供たちを見れば力が湧いてきた。

夜更けまで眠気と闘いながら、課外学習をして帰ってくる子供を待ったものだった。熱心に勉強をして、夜遅く帰ってくる子供のために、蒸かしたイモやラーメンを作って食べさせることが幸せだった。それがあの頃の私の生活のすべてだった。知らぬ間に私たちは一年、また一年と歳を取っていった。

四十代の半ば、夫は教頭の資格を取得した。教頭になって間もなく、今度は校長の資格講習も終えた。その時の私は、夫がそう遠くない内に校長になるものと信じていた。

彼は誠実で、情熱のすべてを注いで教える教師だった。実力のある教師という評判がいつもついて回った。そんな人が昇進できないわけがない。校長としての素養に何ら不足はないと思っていた。だからと言って、彼に欠点がないわけではなかった。お酒の付き合いが悪く、ケチだという評判が立った。その上、上司にごまをすることもできなかった。それは世俗的な観点から見れば大きな欠点と言えた。それが昇進の妨げになったのだろうか、条件をすべて備えていながら度々昇進から漏れた。予想外だった。

しかし、今になって思えば、昇進から漏れた時、そんなに落ち込む必要はなかった。昇進の機会を二度逃した後、問題は自然に解決した。世俗的に欠点があるとは言え、公的に問題が見つからない以上、何度も昇進の機会が妨げられることはなかったのだ。

夫は昇進の機会を逃すたびに気落ちしていた。積極的なあまり、ゆったり待つことが苦手だった。思ったらすぐ実践し、実践すれば結果を見ずにいられない性格だった。私にはそうした夫の性格や推進力が頼もしく思えた。

ついに昇進が決まった時、夫は大喜びし、郊外に新設された学校への辞令であっても不満はなかった。けれども、今どきの校長に昔のような権限はなかった。しかも、校長という肩書だけが独り歩きしていた。給料が少し上がった半面、責任は一層重く圧し掛かった。給料が上がったことは、私たちにとってありがたいことではあったが……。

校長は授業を持たないので気楽なものに思われがちだが、上級官庁や関連機関からの行政指示や協力要請に対処するなど、並大抵のことではなかった。それに各種の報告や雑多な業務を処理するのは、授業より骨が折れ、緊張を伴うものだった。それでも彼は黙々と与えられた仕事をこなしていた。

そうした中で、子供たちは元気に成長し、子供たちが大きくなるにつれ親の責任は益々重くなってきた。夫が校長になっても、大学院生一人、大学生二人を抱える家計は、依然、火の車だった。いや、むしろ度合いがひどくなるばかりで、決して軽くはならなかった。

校長になるということは、心を痛める様々な事柄が付随することだった。行政的な判断や手腕はもちろんのこと、学生同士の争いまで解決しなければならなかった。

中でも困難を極めたのは、教師間の葛藤を調整することだった。仮にも知識人の集まりと言われる教師の間の不和を調整することは、絡まった糸を解くより難しいと愚痴をこぼしていた。

幸い校長と教師の間に深刻な不協和音はなかった。お酒を好まないので、当然お酒にまつわる問題や失敗はなかった。清廉潔白な性格なので、モラルの欠陥などと後ろ指を指されることもなかった。

夫は、教職員に対して良き相談相手であるとともに厳しい面もあった。学年が変わる時期や盆正月に、教師が手土産を持って我が家を訪問することを一切受け入れなかった。原則に徹した人事を心掛けていた。見方によっては、情け容赦のない上司だったかも知れない。そのため、夫を嫌う教師もいたが、尊敬し、慕う教師も多かった。

原則を重んじる夫が特に重荷に感じることがあった。国民の生活水準が高まるにつれ、地方の高校生の大学進学率が高くなった。毎年大学への進学率が振るわなければ、すべて校長の責任のように言われ、親に対して面目が立たなかった。また、生徒の親から大学入試の主要科目を担当する教師を替えてほしいと要求されることもしばしばあった。そうした教育現場の誤った姿を目の当たりにして悩んでいた。

進学率の低下は直接、校長の責任ではない。だからと言って、校長に全く責任がないわけでもなかった。夫は、無過失責任も責任であると常々思っていた。従って入試の成績が振るわないと、すべての責任が自分にあるように苦しんでいた。

入試の成績発表があった日、夫は酒を頭から浴びたようになって、夜中に帰ったことがある。進学担当の教師の慰労会に参加して飲んできた、と言うのだ。不振な入試成績で気落ちしている教師を慰めようと、飲めない酒でも率先して飲まずにいられなかったようだ。私は、酔っぱらって帰ってきた夫が嫌ではなかった。飲めない酒を一緒に飲んで慰める、その心遣いに深い思いやりを感じたからだ。そんな日は夫の胃の具合を慮《おもんぱか》って、蜂蜜入りの飲み物を用意した。

上の子が首都圏にある会社に就職した。会社の近くに住まいを決め、身の周りの品をトランクに詰めて、家を出て行っても寂しいとは思わなかった。苦労してやっと決まった職場だったので、喜びの方が勝っていたせいかも知れない。それとも、学期休みが終わる度、バッグを提げてソウルに向かう息子を見慣れていたせいなのかも知れなかった。

上の子が家を出た後の心の空白を、下の子が埋めてくれた。しかし、さらに数年後にはその子も仕事を見つけ、荷物をまとめて出て行った。ついに兄弟が使っていた部屋が空になってしまった。子供たちが残した服の隣に、私たち夫婦の普段着を持って来て掛けてみた。くたびれた二人の服はその場に似合わなかった。

長男の時と違って、次男が家を出た時は涙が出た。こうして巣立った子供たちが、再び戻ってくることはないという予感がした。大事に育てた子供たちが、鳥のように巣立つのだと思うと、言いようのない寂しさが込み上げてきた。

それでも娘は最後まで家に留まってくれた。学校の成績がソウルの大学に入るほどではなかったこともあるが、夫も、末娘には一緒にいてほしいと希望した。娘は親の言うことに応じてくれ、家は平穏だった。

巣立った子供たちは、就職後間もなく、結婚したいという女性を連れてきた。長男が好きだという結婚相手を私たちが反対する理由はなく、よほどのことがない限り同意するしかなかった。

二番目の子もほぼ同じだった。二人共ソウルで式を挙げた。数年の間、私たち夫婦は二度もソウルを往復した。子供たちは新婚旅行から帰りに家に立ち寄った。その後、盆正月に家を訪ねるようになったが、普段はなかなか時間が取れなかった。

やがて、長男の嫁が出産をした。お産の手伝いなら私にもできたが、嫁の実家の方が殆どやってくれた。次男の嫁の出産の時も同じで、私は孫の顔を見に行く程度だった。私が留守の時は、家にいる末娘が父親の食事の面倒を見てくれるので、夫の心配はしなくて済んだ。

末娘は、釜山の職場に勤める青年と結婚した。奇妙なことだが、末娘の結婚は長男や次男の時とは明らかに違った。これからも同じ市内に住むはずなのに、私たちだけがぽつんと取り残されたような気がした。式場で夫は私を叱ったが、止め処なく流れる涙をどうすることもできなかった。大事に育てた娘だからなのか。それとも、これから私たち二人だけになる孤立感のせいだったのか。

幸い子供たちは三人共、まずまずの暮らしをしている。とりあえず、息子たちや娘婿が職場で嫌われ者ではなさそうで一安心だ。こんな幸いなことはない。

その子供たちが、盆正月になると生まれ育った家に戻ってくる。嬉しいことだ。息子や娘、孫、孫娘が一緒になって、新年の挨拶に来るのは生きている喜びでもある。その喜びを満喫しようと子供たちを迎える準備をする。娘は夫の実家に立ち寄ってくるので、兄たちより少し遅れるが、孫同士はすぐ仲良くなって一緒に遊ぶ。

正月が近づくと新札のお年玉を準備しておく。綺麗なお札を眺めながら、込み上げる笑みを隠しようがない。喜ぶ孫たちの顔が目に浮かんで、早く会いたいと思う。

そんな思いも束の間、いざ家の中が嵐のようになると、呆けたようになる。孫たちの後を追いかけながら片付けるのもきりがない。今年の方が昨年より一層疲れを感じた。私より夫の方がもっと酷かったようだ。

孫たちが来れば嬉しく、帰って行くとなお嬉しい。初めてこれを聞いた時は嘘のように思えたが、今ならその言葉に頷ける。夕方になると急いで食事を済ませ、嫁たちが後片付けをする。それから予約した列車の時刻に合わせて、子供の手を引いてそれぞれの家路につく。近くに住む末娘まで帰って行くと、わが家の楽しく騒がしかった「一族再会」は幕を下ろす。やっと私たちはお正月の目まぐるしい一日から解放された。

普段なら、私が痛い膝を折って簡単に床を拭き上げるのを待って、寝床に入る夫が、今日は先に布団を敷いて眠りについてしまった。孫たちを相手にお爺ちゃん役を演じるのが容易ではなかったようだ。一緒に遊んだり、時にはおどけて見せたりしなければならない。これにも体力が要る。今日は特に疲れたのだろう。

今、二人は年金で暮らしているが、何の不自由もない。食費があまりかからない上に、学費も要らない。お酒や外食にお金を使うこともなく、持ち家なので住宅費もさほどかからない。血圧が高い、膝が痛いと言って病院に通うくらいだ。これも医療保険のおかげで大してお金はかからない。

こうした暮らしができるのも老後の祝福に違いない。しかも、二人の内どちらか認知症になった時は、迷わず療養施設に送ることを話し合って決めている。残り人生に何ら気掛かりもなく、実に恵まれた人生ではないか。

家族の再会は大変でも、風雪を経て豊作の田畑を眺めるようで嬉しい。孫たちの顔を思い浮かべると、楽しい気持ちが湧きあがってくる。いざ来たとなれば、体が言うことを利かず疲労困憊なのに、再会の日が待ち遠しいのはどういう心境なのだろう。

子供たちが帰った後、散らかった床を乾いた雑巾で大まかに拭いた。それから夫の隣に布団を敷いて横になった。疲れていたが、しばらくの間、子供たちの余韻に浸っていた。睡眠を誘う深呼吸をしながら、無事ソウルに着いただろうか、孫たちは大丈夫だろうか、いつものようにつまらない心配をしていた。

眠らなければ、と深呼吸を始めた。息を吸って一つ、ふうと吐いて二つ、数を数えた。すぐ雑念が消え、全身に疲れが覆いかぶさってきた。夫は依然、静かだった。

目を覚ました。いつもより遅く眠りから覚めた。元旦の翌朝の外気は冷たく、静かでキラキラしていた。夫はまだ深い眠りの沼から抜け出せずにいる。私は這うようにして、音を立てず台所に行った。手を洗って、冷蔵庫の扉を開け、お正月料理の残りものを調べた。

すぐ冷蔵庫を閉めてしまった。正月料理は脂っこいものが多く、さっぱりしたものを好む夫の朝食には向かない。昼食の時に食べよう。朝は食欲もないし、ご飯を炊いて、みそ汁にナムル程度で十分だろう。

まだ部屋からは何の気配もない。料理が冷めない内に食べようと、いつもなら起こしただろう。しかし、今日は好きなだけ寝かせてあげよう。

暫く時間が経った。二人きりの食事なのに、冷めてしまってはいけない。このまま待っていては昼になりそうだったので、「起きてくださいよ」と声を掛けた。反応がなかった。しばらく待って、もう一度声を掛けたが、無反応である。

ふと、嫌な予感がした。ドアを開けて部屋の中を覗き込んだ。朝、私が起きた時、ちらっと見た姿のまま横になってまだ眠っている。ドアノブに手をかけて、「起きてよ」と催促したが、返事がない。部屋に入った。腰を屈《かが》めて夫の体を揺さぶった。すると、姿勢が崩れ、頭が横に傾いた。息がない。慌てて、再び揺さぶりながら声を掛けても、反応はなかった。

恐怖に駆られ、近くに住む娘に父親の様子を電話で知らせた。それから救急病院にも電話をした。娘より救急車が先に到着した。救命具を持って部屋に入ってきた彼らは、夫はすでに死亡し、時間が経過したため死後硬直が解けた後だと言った。それでも私は、一旦病院に運ぶよう頼んだ。救急救命室でも、呼吸がすでに止まっており、蘇生の見込みはないと言われた。

病院側は、夫がいつ眠ったのか、その前にどんな様子だったのかを尋ねた。さらに、これまでかかっていた病院を尋ねた。死亡診断と変死報告をしなければならないと言って、夫を遺体安置室に移した。

あまりにもあっけない出来事であった。いつ着いたのか、病院に駆けつけた娘も途方に暮れていた。兄たちに連絡を取って、父が亡くなったことを伝えるよう指示した。救急救命室の医師は、場合によって解剖が必要になるかも知れないが、それに同意するかどうかと尋ねた。しばらく考えた末、私は必要ないと答えた。

夫が常々希望していた臓器の提供は叶わなかった。死後、時間が経ち過ぎたため、臓器の一部が移植不可能になっていた。夫は、七十六歳を迎えた日、私との約束をすべて破り、一人で永遠の部屋へと静かに旅立った。

花札

妻は自分も老人亭*に行きたいと言った。老人亭はどんな様子なのかを何度も聞いてきた。行ってみれば分かる、と私はそっけなく答えた。

私が初めて老人亭に行こうとした時、そんな所へ行って何をするのかと不満気だった。そんな妻がなぜ老人亭に行きたがるのか。何か心境の変化でもあったのだろうか。実際、老人亭に行ったところで特に何があるわけでもない。しかし、妻の問いを無下にするのも気が引けた私は、行ってみれば分かる、とだけ答えたのだ。

あれから間もなく、私は老人亭に通うのを止めてしまった。妻は私の態度から老人亭がどんな様子なのかを何となく感じ取ったはずだ。

人の気持ちは不思議なもので、風邪のよう他人にうつる。目の色や動きだけで相手の喜怒哀楽が分かる。妻は私の表情に大方のことは察したのだろう。にも拘らず、なぜ老人亭に行きたがるのか。妻の考えがむしろに気になった。

＊老人亭《ノインジョン》：自治体が設置・運営する老人のための社会福祉・休養施設。

来る日も来る日も二人だけの日常。子供たちが育ちざかりの頃は、壁紙が破れたり、家具が傷つけられたり、毎日、家中が嵐のようだった。しかし子供たちは大学を卒業して、一人、二人と独立し家を出ていった。子供たちがいなくなった部屋は、まるで雛が巣立った後のように寒々とした空間となった。空っぽになった巣には静寂だけが残った。夫婦の話題も次第に乏しくなり、同じような会話を毎日繰り返すばかりだ。

妻の日常はと言えば、三度の食事の用意と掃除や洗濯の繰り返し、何と単調なことか。変化があるとすれば、食後の片付けを終え、私の読みかけた朝刊を隅々まで眺め、目新しい記事を見つけたり、テレビのチャンネルを回して、めぼしい番組を探すくらいだろうか。

しかし、日常化した営みから変化は見出せない。檻の中のような家でいつも見る新聞やテレビ番組は、生活の変化への欲求を満たしてはくれない。

我々が若い頃はそうではなかった。妻はかいがいしく姑の機嫌を取って上手に子供を預け、好きな演劇や映画を観に行ったり、時には私と一緒に外出することもあった。また、姑と一緒に子供たちを連れて夏の海を楽しんだりした。子供たちは日々成長し、私たちは息つく暇もなく、子供たちの変化を追いかけた。あの頃、そんな毎日が大変だとは全く思わなかった。

子供たちが少し大きくなると、妻は自身の高校や大学の同級生、職場の元同僚の集まりにも出かけるようになった。月に数回、そんな集まりに出かけることで気晴らしができたのだろう。

その頃は退屈さを感じることもなく、逞しく成長する子供たちに比べ、老いの速度が幾分遅いように感じていたのかも知れない。

舅や姑が亡くなると、妻のアンバン*での日々が始まった。アンバンと言っても、マンションの中の一室に過ぎず、昔の家のように妻の権威を象徴するものは何もなかった。その頃からだろうか、仕事帰りに一杯飲んで遅くなった私に、やかましい小言も殆ど言わなくなった。老いていく夫に小言を言ったところで、直る見込みがないと悟ったのだろう。

歳月が流れ、定年を迎えた後、私はあまり外出をしなくなった。歳とともに酒量が減り、いよいよ飲み事さえなくなってしまった。

感情とは、適度な起伏があってこそ感情と言える。坂道も登れば下るのが自然であり、日々の生活には目まぐるしく忙しい時もあれば、のんびりした時も必要である。しかし子供たちが去った家の中で、妻と私の感情曲線は下がり続け、次第に平行線を辿っていたが、その線もやがて薄れ、全く起伏のないものになってしまった。

歳を重ねるにつれ、月に数回だった妻の外出はさらに減ってきた。高齢になると、立ったり座ったりが面倒になり、一人、二人、病に伏し、仲間との集いも次第に空気が抜けていくよう

*アンバン（内房）：韓国の伝統家屋にあった妻など女主人のための部屋。

に萎んでいった。

いよいよ出かけるあてもなくなり、家の中ばかりの日常が妻をいっそう退屈にさせたに違いない。一日ぶらぶらしている夫と顔を突き合わせ、三度の食事の用意をすることにもうんざりしていたはずだ。世間では三食をきちんと食べ、家に籠り続ける男をサムシク（三食）と呼ぶが、なるほど無理もない話だ。私が老人亭通いを始めたのも、何とかサムシクから脱しようとする無意識の衝動からだったのかも知れない。

妻が老人亭に行きたがるのを見て、若かりし頃、二人で観た『タイピスト』という演劇がふと思い浮かんだ。職場の若き新入社員のポールとシルビアには多くの夢があった。けれど、その夢は簡単には実らなかった。電話帳の住所を葉書にタイピングして商品販売会社に納品する仕事を、毎日、毎月、毎年繰り返すうちに彼らは次第に年老いていった。老人になったポールとシルビアの髪はすっかり白くなり、夢を成し遂げることもなく、舞台から去っていく最後の場面がスチール写真のように脳裏に浮かんだ。

妻が生きてきた日々がシルビアの生涯と重なり、演劇の最後の場面の記憶が改めて胸をしめつけた。老いをありのままに受け入れて自由になりたい、まだ若い時に行きたい所があれば行かなくては。そこにオアシスがあるわけでもないことが分かっていても、行ってみて初めて知ることもあろう。

老人亭に行く初日、妻はやや期待に胸が膨らんだ様子だった。いつもと違って頰が少し紅潮しているように見え、また緊張しているようにも見えた。小学校低学年の頃、遠足に行く時の気持ちに似ているのかも知れない。

「子供たちが近くにいたら、餅でも買って一緒に行けたのに……」

妻は久しぶりに鏡の前で髪と顔を整えた。年寄りだけの集まりに行くのに顔の手入れが要るものか、私は面白いものでも見るように眺めていた。しかし妻は、初めての所なので綺麗にしないといけない、と言った。彼女本来の女の性、綺麗好きな性格が垣間見えた。

「少し様子を見て、昼には一旦戻って来ます。もし楽しかったら、お昼の用意をした後もう一度行くかも……」

妻は期待など何もないはずの老人亭に何かを期待しているようだった。家を出た妻は餅屋に立ち寄った。そこで手土産用の餅を買って老人亭に向かった。まだ小腹の空く時間ではないが、初めての訪問に手ぶらではいささか気が引けたのだろう。

隣の家のお年寄りも同じ老人亭に通っていて、皆で世間話をしたり、退屈な時は花札*をして一日を過ごすことができるので楽しみだ、とも言っていた。

＊韓国では花札を花闘《ファトゥ》と呼び、一般的に「ゴーストップ」がよく知られている。

妻が着いた時、老人亭にいたのは数人程で、隣の家のお年寄りはまだ来ていなかった。妻がこれから仲間に入ると挨拶をすると、みんな歓迎してくれた。少し早い時間帯のせいだろうか、室内を見渡すと大きな部屋にいたのは七人だけだった。その内、四人の老女は入会を喜んでくれたものの、すぐ背を向けて今までやっていた花札に興じた。彼女たちは入会挨拶の時にちょっと顔を向けただけだったが、素早く妻の容姿を一通り見定めることも忘れなかった。

「おやつならたくさんあるのに、わざわざお土産まで……」と花札をしていない人がお餅を受け取り、冷蔵庫に入れながら言った。

「これと言って他に思いつかなくて……」と妻は口ごもった。

「そんなに離れて座らず、こっちへどうぞ。花札をする人は気にしないで、私たちとおしゃべりでもしましょう。こっちにいらっしゃい」

どこか見覚えのある人が少し席を詰めてくれた。妻は勧められるまま近づいて座った。一方、花札をする人たちにとって、新しい仲間の存在は全く眼中にないようだった。皆のそばに座ったものの、何だか居心地が悪かった。まだこの雰囲気に馴染んでいないからなのだろうと思った。世間話をしているお年寄りたちに近づいて仲間に入ろうと試みるも、やはりよそよそしさは拭えなかった。

妻は急に一人ぼっちになったような気がした。そのせいか、周りに溶け込むどころか、ますます違和感を覚えるばかりだった。誂えたばかりの入れ歯のように馴染まず、畏《かしこ》まった自身の服装さえこの雰囲気にそぐわないような気がしてきた。

「息子や娘さんたちと一緒に住んでますか」

「いいえ、子供たちは皆、職場のあるソウルに住んでます。こちらには夫と私二人だけなんですよ」

「まあ、さぞ退屈でしょうね。子供は離れていても近くにいても何と言うか……。ところでお子さんは何人？」

「息子一人、娘二人です」

「ちょうどいいね」

一人が声を掛けてくると、隣に座っていた他の人も話題に加わってきた。

「うちも子供たちと離れて住んでるけれど、遠くにいる子供は他人同然ね。盆正月に仕方なく顔を見せたかと思うと、そそくさと帰っていくのよ。ありったけのお金を注ぎ込んで勉強をさせたところで、嫁を貰えば大事なのは自分の妻や子供だけなんだから。お宅はどうだか知らないけど、最近世間でよく言うように、所帯を持った息子はもう母親の息子じゃなくて、嫁のものよ。しかも嫁の実家にべったり。向こうの家の息子になってしまうのよ」

語尾に「〜のよ」を繰り返す人の話を受けて、やや若い声の老女が楽しげに子供の話を始めた。妻は口火を切る話題が見つからなかった。老人亭の雰囲気に慣れている周りの人たちの中に溶け込めず、妻はもっぱら聞く方に回った。

「茶菓子なんかを老人亭に持って来てくれるのは息子じゃなくて娘。やっぱり娘が一番」

隣に座っていた人も話題に加わってきた。妻には差し入れを持って来てくれる娘が近くにいない。どうしたものかと、一瞬後ろめたい気分になった。

その時、「ゴー！　ゴー。どう、参ったか！」

花札をしていたグループの誰かが大声を上げた。その声に驚いた妻は声の方を振り向いた。しかし、そのグループは花札に夢中で周りには全く無頓着だった。

花札は認知症の予防に効果があると言われている。妻が老人亭に行くのを決めた理由の一つに、認知症予防のため花札をやってみたい、との思いも含まれていた。しかし、この老人亭ではその花札をするグループの仲間入りが叶いそうな雰囲気ではなかった。

時間が経つにつれ、人が徐々に増えてきた。その内、一人二人、昼食に行くと言って老人亭を離れる人もいた。花札に興じる人だけが盛り上がり、全く昼食どころではなさそうだった。

「あの人たちは家から食べ物持参で来てるのよ。時々、娘さんとか、お嫁さんがお昼の時間に合わせて食べものを持ってくることもあるけど。いつ終わるか分からないし、お昼を食べに行きましょう」

妻はふと、家のことを思った。食べ物を持ってきてくれる娘や嫁などいないのは勿論だが、何より夫の昼食の用意があることに気づいた。昼時になっても、妻の持っていった餅を食べようと言ってくれる人はいなかった。そのまま冷蔵庫の中でカビが生え、捨てられるのではと心配になった。

帰り道、夫の昼食を何にしようかと、いつものように悩み始めた。女は老いてなお、子と暮らす運命なのかもしれない。子が育ち、家を出ていった後、今度は夫が子供になっている。食事や身の周りの世話、夫が出かけても、水辺で遊ぶ子のようでいつも気にかかる。

女は生涯を女性と母性の狭間で生き、女性としての愛情と母性としての愛情をそれぞれ使い分けながら生きていく。そんな本能を持つ特別な生きものなのかも知れない。

家に一人でいる夫を思うと、足取りが速くなった。昼食は朝の残りご飯に汁ものを温めて出すことにしよう。食べ飽きることのないキムチもあるし、今日くらいは少し手抜きしてもかまうまい、と思った。

「あなた、ただいま」

テレビの前に座っていた私は、玄関から入ってくる妻の声に気づき、テレビの音量を下げた。

「もう帰ったのか。楽しかったか」

床に散らかっていた新聞を部屋の隅に押しやりながら、妻の顔色を確かめた。それから、老人亭がどうだったか、気になっていたことを尋ねた。

「そうね、まあまあでしたよ」

何だかはっきりしない答えが返ってきた。

「どこへ行っても、そんなに面白いことなんかないもんな。ばあさんたちが集まる老人亭は、じいさんたちの老人亭より気楽で楽しいのかと思ったんだけどな」

「まさか、歌ったり踊ったりするとでも思ったの」

やはり楽しくはなかったようだ。普段と違ってちょっと突っかかる言い方だった。少しムッとしているようなやや冷たい反応だ。

妻は冷蔵庫の方に行って昼食の用意を始めた。普段と変わらず二人で食事を済ませた。食事をしながらも、老人亭のことが気になって、妻の横顔をチラチラ見ながら様子を窺った。老人亭に行って気を悪くしたなら家の中まで暗くなるからだ。しかし、容易に妻の気持ちを読み取ることはできなかった。

妻が初めて私に老人亭の様子を尋ねてきた時、私は答えに躊躇した。私が老人亭に通うのを止めてしまったのも、そこの雰囲気が原因だった。十分に年齢を重ねた人たちの会話にしては、あまりにもお粗末な内容で、花札を囲む人たちの様子も代わり映えしない風景だった。そこで交わされる会話に高尚なものを望んでいたわけではないが、耳障りな会話を聴いて楽しむ気にもなれなかった。

時には新聞を持参し、入念に読んでいる人もいたが、そんな老人は概ね身なりもきちんとしていた。そして周りの出来事に動じることもなく関心も示さなかった。しかしその一方、体から臭いを放つ老人もいた。多分、尿失禁や排泄《はいせつ》の始末が不十分と思われる臭いだった。

老人亭に来た人の中には時々、誕生日を迎える人もいた。誕生日に奥さんや娘さんが食べ物をたくさん用意して老人亭を訪ねてくることもあった。そんな時は決まってお酒も振舞われ、老人亭はちょっとした宴会場と化した。どうして知ったのか、そんな日に限って普段より多くの老人が集まってきた。

酔いが回ると笑って騒ぐ人も増え、次第に声も大きくなる。宴会が盛り上がると、騒々しさを嫌ってそっと抜け出す人もいた。抜け出した人が座っていた席がガランとして目に焼き付く時がある。また、病気のため数日間、老人亭に姿を見せなかった人が「地下への旅」に出たとの知らせを聞くと、その人がいつも座っていた席がやけに広く感じられたりする。場所というものはそこにいた人に合った特異な形を醸し出すのかも知れない。

老人亭の部屋の片隅。そこはいつも花札をする人の場所になっていた。ゲームが始まる前の花札は、いつも色褪せた座布団の上に置かれ、部屋の隅にうずくまっている。花札を囲む一人一人の席も決まっていた。定員割れの時を除いて、囲む人の座る場所が決まっているため、他の人が入り込む余地は殆どない。席はあたかも座る人間やその性格を決めているかのような印象を与えた。

誰かの誕生日や祝い事のない日は、昼頃になると皆散り散り帰っていくが、暫くすると閑散としていた室内は再び埋まってくる。その有様は午前と同じ風景の再現だったり、時には新しい風景になったりもする。

「誰か誕生日の人か、家に祝い事、嫁をもろうたり、娘が嫁ぐ人はおらんかね」

人懐こそうな老人がわざとこんな質問を投げかける。これは老人亭で一度も宴席を設けていない人にとって、甚だ気が重くなる話題である。私もこの話になると、道端で突然、債権者に出くわした時のようにドキッとする。

私が老人亭に通うのを止めた理由として、これを一因に挙げることができる。しかし、妻にこんな些細なことまで言いたくはなかった。もちろん、老人亭によって事情が異なるかも知れない。妻が行った老人亭は女性だけなので、雰囲気が違うのかも知れないと思った。

妻は昼食を食べ終えた後、僅かな洗いものを長い時間かけて洗っていた。それから普段は午後の遅い時間にやっていた居間や自室の掃除を早目に始めた。

掃除が終わった後は新聞をめくっていた。また行くと思われた老人亭に出掛ける気配もなかった。いつものようにテレビの前にも座らなかった。その様子から察するに、妻にとって老人亭はさほど面白い場所ではなかったようだ。

翌朝、食事の後片付けを終えた妻は鏡の前にいた。老人亭に行く代わり、早目に近所のスーパーにでも行くのだろうか。私は、敢て老人亭のことを持ち出さなかった。

「あなたが通っていた老人亭はどうでしたか」

鏡を覗き込みながら顔の手入れをしていた妻が、老人亭の話を切り出した。最初、老人亭に興味を持った時は、そこの雰囲気が気になったのだろうが、一度行ってみると、今は心に引っ掛かるものがあるようだ。他と比べてみたいと思ったのか、或いは自分が行ってきた老人亭について、私があれこれ聞かないことが気になっているのだろうか。

「老人亭は大なり小なり皆同じさ。期待しないで気楽に遊んでくればいいんだよ。あまり難しく考えず、気に入らなければ止めればいいし……」

「行くの止めようと思ったんだけど、退屈なので今日、もう一回行ってみようと思って……」

妻が来ないからと言って誰か迎えに来るとか、首を長くして待っている人がいるわけでもないのに……。いっそのこと、老人亭の雰囲気を入れ換えてみたいものだが、固まってしまったものを今更変えるのは容易なことではない。

妻はその日以来、老人亭に出掛けなくなった。そして少し不機嫌になったように見え、お気に入りだったお笑い番組にも無関心の様子だった。

「おい、お笑い番組でも観ないか」

お笑いが好きな妻に私がつけたあだ名が「テスン・ハルモム」*である。そのテスン・ハルモムが、お笑い番組が始まってもテレビを観ないので、私の方から誘った。しばらくすると妻は静かにテレビの前に座った。そして面白い場面になると一緒に笑い始めた。

「老人亭は嫌なところよ」

ひとしきり笑った後、少し気が和んだのか、妻はテレビに目を向けたまま老人亭への不満を語り始めた。老人亭では老人同士の差別もあり、理由のない嫉妬もある、と言うのだ。また新参者に対しては全く無視といった虐《いじ》めに似たこともあって、妻はそんな雰囲気にかなり傷ついたようだった。

特に花札をする人たちは、周りの人に全く無関心な上に他人が見物でもしようものなら、露骨に嫌な顔をすると言う。それに、「人をあれこれ品定めするのも大嫌い」とも言った。また老人亭での宴会について、「私が老人亭に世話になっているからと言って、そのお返しとしてわざ

＊テスンはテレビっ子の意、ハルモムはハルモニ（おばあさん）の略。

わざソウルにいる子供たちに、老人亭に来て宴会を催してほしい、なんて頼めるわけないでしょう。いい歳して、食い意地の張った人たちばかりで、本当に嫌になるわ」

妻は普段あまり使わない言葉を吐き出すように言った。つまり子供たちが来て食事会を催してくれると老人亭では喜ばれるけれど、わが家の事情を考えるとできない相談である。そんな話を聞くと怒りが込み上げてきた。

「まるで不良のいる学校のようじゃないか。老人同士で虐めだなんて。先が長くない者同士、仲良くしても時間が足りないのに……」

私も妻の話に興奮して次第に声が大きくなった。ふと、私が通っていた老人亭のことが頭に浮かんだ。花札をしている場面で誰かが勘定を間違えると、札を投げつけて憤慨している場面が思い出された。

「花札をしても、あなたは相手になりません。あの人たちはほぼプロなのよ。年がら年中、花札に没頭している人に敵いっこないわ。最初から関わらないのが得策よ。仲間に入れてくれないのを幸いと思わなくちゃ」

「勝ち負けを問題にしているわけじゃないのよ。人を仲間外れする人たちの意地の悪さにムカついてるの……」

老若男女を問わず、人は敵味方に選別することを好むようだ。大人だけでなく、幼稚園児でさえ同じことをしている。それが世間の、いや人間の習性なのか。妻が老人亭に関心を持った時、分け隔てのない交わりを微かに期待したが、その老人亭も例外ではなかったようだ。

妻の退屈な気持ちは十分理解できる。子供たちが家を出てから十年余り、ハンコで押したような日常。この歳になるまで、なんと変化のない毎日だったことか。世間の夫は山歩きを好み、外で友人たちと会食することもあるだろう。しかし私はそうではない。妻は嫌でも私の生活に付き合わなければならず、車輪のように回り続ける日常から抜け出したくなることもあったはずだ。老人亭に行って気晴らしでもしたかったに違いない。誰もそれを責めることはできない。

数回行ったきりで、老人亭通いをやめてしまった妻は、何かをしくじったかのように落ち込み、以前よりも退屈そうに見えた。

「このマンションの周りを一周してから向こうの丘まで行ってみようか。散歩は健康にもいいし……」と誘ってみた。

「それじゃ、夕食はどうするの」

「帰ってから食べてもいいし、途中で旨そうなものがあれば、買って食べてもいいじゃないか」

妻は私について来た。外気が爽やかだった。思った通り、妻の気分が幾分明るくなったように見えた。老人亭の話は敢て触れなかった。何か面白い話題はないか頭をめぐらしていると、気持ちが伝わったのか妻が先に口を開いた。

「さっき電話をしたら、チェミンが受けたのよ」

チェミンは幼稚園に入ったばかりの下の娘の末っ子である。

「あの子ったら口が達者で、なんでもしっかりしゃべるのよ。ほんの少し前までミルクを飲んでた子が、好きな男の子のことやら、ガールズ・グループの誰かさんがきれいだとか、私たちも知らないことを色々しゃべってくれたの」

ソウルの子供たちは地方の子よりもませている、といわれる。多分、テレビの影響だろう。孫娘のことが目に浮かぶのか、弾む声で独り言を始めた。すっかり明るくなった妻は、孫の話をしばらく続けていたが、上り坂にかかるとハアハアと息を弾ませながら歩みを緩め、話をやめた。

上り坂を過ぎて平坦になったかと思うと、すぐに緩やかな下り坂になった。息が楽になったせいか、妻の話題は、この春、大学を卒業した一番上の孫のことに及んだ。

「あの子は今、就職準備で目つきも変わったそうよ。母親の話だと、ガールフレンドには全く関心がないようで、母親としてはそれも心配だって」

「ガールフレンドより勉強を優先するのが心配だって……。いいことじゃないか。兵役を終えて大学を卒業したら、就職準備に専念しないとな」

「変なこと言わないでよ。今は見合い結婚をする時代じゃないでしょう。付き合ってから相手を決める時代よ。女性に興味を示さないなんて、心配に決まってるじゃないですか。色んな人と付き合ってみて、女を見る目も養えるものよ。本ばかり相手にしているのを見ると、親は気になるのよ」

「……」

私はこの件についてはっきり反論ができなかった。それでも普段考えていることを一言付け加えた。「無理してまで一流会社に入る必要があるかなあ。いい中小企業はいくらでもあるじゃないか。中小企業に入って熱心に働いて経験を積んだ後、いずれ自分の会社を作って独立するのも良い方法だと思うよ」

「それはあなたの考えであって、最近の女の子は、作業服着て工場で働く男には目もくれないそうよ。ネクタイに背広姿の一流企業の社員でないと、女は関心を持ってくれないんですって。だから男は結婚が遅くなっても、まず一流企業に入ろうと血眼になるのよ」

とは言え、深刻な就職難の今、一流企業だけを目指す最近の若者たちの職業観には明らかに問題がある。中小企業は多いのに、そこで働く若者がいない。中小企業は外国人のための職場になりはしないか。しかしこの問題について、これ以上触れないことにした。折角、妻の気晴らしにと誘ったのに、最近の若者の職業観論争で台無しにしたくなかった。

「ところで夕食は何食べたい」

家が近づいて来たので話題を変えた。約束通り久しぶりに外食でもして落ち込みがちの妻の気分を晴らしてやりたかった。

「もうすぐ家だから、おかずはあまりないけど家で食べましょう」

妻はこれまで乏しい家計を遣り繰りして子育をしてきた。何事にも倹約が身についている。一銭でも節約しようとすることに異存はない。この頃いくらか財布の紐が緩んだようにも見えたが、身についてしまった癖はそう簡単には変わらないようだ。気楽に近所で食べて帰ろうと考えたが、結局、夕食は妻が用意してくれたもので済ませた。

妻と一緒に家の周りを一周するのもなかなかいいものだ。私たちは翌日も、またその翌日も家の周辺を歩いた。騒がしいテレビの音から逃れ、気持ちも軽くなった。普段しない色んな話もするようになった。歩くスピードはできるだけのんびりと。おしゃべりのためでもあるが、二人共膝の具合がイマイチだった。それに、息が上がるほど早足で歩かねばならない理由も見当たらなかった。

ある時は道を折り返し、家に戻る途中で知人の弔問に立ち寄ることもあった。妻は祭壇の花が多すぎたり、少なすぎるのを見て、同じ死なのにどうしてこうも違うのか、と言った。そもそも冥土の旅に花が必要なのか、という意見に私も同感だった。

　最近の霊安室はほぼ画一的、すべての霊安室の形状は一律に長方形である。弔問客に出す料理も豚肉料理に焼酎、そして汁物と決まっている。しかし、弔問客の方は遺影の前に菊の花を置いて立って祈ったり、ある人は床に深々と頭を伏せてお辞儀をしたりする。また喪主の宗教の違いによって、賛美歌だったり、僧侶の読経だったり、場合によっては手を叩きながら行う宗教儀式だったり、故人の見送り方も様々だ。

　何でもありの弔問の風景は、そんなに目新しいものでもない。しかし、妻にとっては目新しく、話題として十分だった。宗教の異なる喪主たちが霊安室で遭遇するとどうなるのか。そんな時、遺影の写真はどんな思いでその風景を見下ろしているのだろう。参列者の思いのお陰で天国や極楽に行けると思っているのだろうか。だからニッコリ笑っているのだろうか。

　とにかく霊安室の話は可笑しくもあり、また後味の悪いものでもある。そう遠くない日、私たちもあの遺影に納まって、こんな風景を眺めることになるのだろう。死んでしまえば葬儀の手続きを知る由もなく、気をもんだところで何ができよう。いずれにせよ、死に関わるこんな場面は気持ちの良いものではない。だから妻は子供たちの出産が迫った時は弔問を避けた。もうすぐ生まれてくる孫のために縁起の悪いことは避けたい、との思いからだった。

　この頃、私も霊安室に行く気になれない時がある。そんな時、弔問は遠慮する。息子や娘と同じような年齢で夭折した人の葬式に行って、白髪の私が頭を下げるのは何となくきまりが悪く、そんな時は香典を送って済ませるようにしている。

また、ある人の葬儀では、喪主が床を叩きながら大声で泣いたり、悲しみに打ちひしがれた様子を見せて、どこか真実味がないと感じたことがあった。親が存命の時、果たしてあれほど親孝行だったのだろうか。あれほど悲しんでいた息子が、弔問客がまばらになってくると態度を一変させ、酒を飲んで酔っ払い、花札をしているところを目にしたことがある。そんな場面に遭遇するのは決して気持ちのいいものではない。偶然にもそんな場面に出くわすと、故人への哀悼の気持ちが希釈されてしまう。


そんなある日の午後、妻は突然、私に花札をしようと言い出した。

「花札は二人でするもんじゃない。三人でやるものだよ」

「二人でもできるんだけど、あなたはそれ知らないの」

「知らないよ」

「じゃあ、一番基本的なのをやりましょう。知ってるでしょう」

私は家の中のどこかにあるはずの花札を捜した。それに、なぜ急に妻が花札をやろうと言い出したのか考えてみた。老人亭で花札をする人たちが自分に振り向きもしなかった、と言っていた。きっと疎外感を感じたのだろう。そんな気持ちを癒したい心理、それは心のバランスをとるためにも必要なことだ。

しかしそれにしても、花札がなかなか見つからない。仕方なく新しいものを買いに出掛けようとした時、妻がどこからか見つけてきた。家の中でのモノ探しは、いつも私の方が完敗だ。

二人は毛布を敷物にして花札を始めた。僅かな小銭をかけて勝ったり、油断して負けたりを繰り返した。普段の妻はのんびりした性格だった。それが花札で負けまいとむきになっている姿が可愛くもあった。

久しぶりの花札は、逆転に次ぐ逆転を狙えるところが面白かった。盆正月に子供たちが来て、花札に興じるのを眺めるだけだったが、やはり勝ったり負けたりは人生の縮図のようだ。賭けるお金は紙幣でもなく、僅かな小銭なのに。それでも負けるより勝つ方がはるかに楽しい。老いてもなお捨てられない物欲。妻に負けるのも悔しいと思う心理。勝った時の満足感。これがみんなを引き付けるのだろう。

久しぶりの緊張感で、街をひと歩きすることさえ忘れていた。夕食の時間も気にならなかった。勝負欲は執着から来るものなのか。白髪を照らす蛍光灯の下で、片方の足を伸ばした二人は、東洋画の世界にすっかり嵌《はま》って熱を上げていた。

このシーンは、『タイピスト』の中の主人公が退場する場面とは異なるものだ。そこに漂うのは空しさではなく、札の中の花の絵に目を凝らし、互いに欲しい札を夢中で探している。

霊安室の遺影の前に花札が置かれているのを見たことがある。あの世まで持っていって楽しんでください、という意味なのだろう。我々二人があの世まで持っていきたいものなどあるはずもなく、ならば現世で花の絵でも楽しむのも悪くないと思った。わざわざ老人亭に出かけて気兼ねするより、わが家の老人亭で遅蒔きながら夫婦愛を確かめながら……。

鳥になる

金縛りに合い、飛び上がって目を覚ました。全身が湿っている。汗が止まらない。釜山に来てもう一カ月が経つ。それでもほぼ毎日、夜、まともに眠ることができない。人々の不愛想な表情、荒っぽいこの地域特有のアクセントまでが、まるで針のように刺さってくる。「慣れないからだろう」、最初は努めてそう思うようにした。すぐに良くなるだろうと我慢してきたが、十日が過ぎ、月が変わっても依然同じだった。そんな自分が情けない。しかし、どうすることもできなかった。

なぜこんなに毎日、うなされるのだろう。夢の中で繰り返される金縛りから逃れようと必死にもがく。日中の慣れない仕事も加わり、一日一日がまるで地獄だった。日に日にやつれていくようだった。

いっそのことすべてを投げ出して、ジョンスンは故郷に逃げて帰りたかった。

村を流れる澄んだ小川を見て育った彼女にとって、真っ黒に淀んで押し流されるこの街のドブ川を見ると吐き気がした。鼻を突く不快な臭い、昼夜を問わず空を覆う自動車の排気ガスで呼吸が苦しくなった。それよりも耐えがたいのは、無神経に投げ掛ける男たちの下品な言葉だった。

追われるように彼女は故郷を去った。何とか生き抜こうと、ついにここまで流れてきた。仕方がないとはいえ、食堂で働いている現状は、まるでドブ水に浸かっているようで、いくらもがいても逃れることができない。毎日、巨大な岩に押し潰されているような圧迫感と、街全体が汚れ、悪臭を放つ釜山という街にどうしても馴染めなかった。

思い出すだけでも心が重く、自信をなくし、失望した故郷なのに、いざ背を向けてしまうと切ないほど懐かしい。帰りたい気持ちと身の毛もよだつ嫌な記憶が入り混じった故郷への思い。自分でも判然としないその思いに、眠れない夜が続いた。

それでも釜山での生活が自分をさらに惨めにさせていると思うと、故郷への思いが募るばかりだった。

山と山が向かい合ってそびえ立ち、その間に竿でも渡せば洗濯物を干せそうな山奥の小さな村が彼女の故郷だった。

山間の渓谷を流れる涼やかな清流。けれども、一旦雨が降ると、岩を砕くような轟音とともに荒れ狂う濁流に変わる。山裾の丘に数軒の平屋が点在する村落の素朴な風景の中にジョンスンの家もあった。

一人娘だったジョンスンは、隣に住むボンナムが唯一の友達で、姉妹のように育った。ボンナムと一緒に小さな雑貨屋の店先を通って、村の入り口にある小学校に通うのが彼女の日課であった。

父は薬草を求めて年がら年中、晴れの日も雨の日も裏山を隈無く歩きまわった。母は山の斜面にこしらえた小さな畑で昼間の時間を費やしていた。そんな両親とともに、澄みわたった空の下、鳥のさえずりやせせらぎに囲まれてジョンスンはすくすくと育った。

毎日彼女は、優に四キロを超える山道を歩いて学校に通っていた。明るい家庭と澄んだ空気が身も心も健やかにしたのだろう、十歳になった頃、彼女は年より二つ三つ成熟して見えるほどだった。家は豊かではなかったが、彼女は自分が貧しい家の子だと思ったことはなかった。

ジョンスンは学校の成績が特にいいわけではなかった。しかし真面目だった。日曜日は宿題をしなければならないので、その日も学校から帰って直ぐ近所の雑貨屋に走っていった。

「おじさん、ノートください」

村でたった一軒の店。おじさんはノートがある奥の方に行って、どんなノートがいいのか、奥に来て選ぶようにとジョンスンに言った。奥には白い埃を被ったノートが棚に積まれていた。おじさんはその中のいくつかを取り出して、ほこりをポンポンと払った。乾いた布でノートを拭きながら、より奥の方に入っていった。

「どんなのがいいのかい。ボンナムも、さっき奥にあるノートを買っていったよ」

ボンナムが先に来たんだ。部屋の中にあるというノートが見たくなって、ジョンスンはおじさんの後を追って奥の方に行った。その時、おじさんはちらっと道の方を確かめた。それからジョンスンの手首を鷲摑みにした。驚いて摑まれた手首を払い除けようとしたが、強い力に勝てず、より奥の方に引っ張られた。

「放して、放してください」

抵抗しながら大声で叫んだが、無駄だった。震えながら、もっと大声で叫ぼうとしたが、息が詰まって声が出なかった。おじさんは後ろに回って抱きしめながら、大きな手でジョンスンの口を塞いだ。同年代の女の子の中では比較的力の強いジョンスンだったが、未だ十歳の子が逃れようとしても、大人の力には及ばなかった。

スカートをまくられ、下着が容赦なくはぎとられた。岩が全身を圧《お》し潰した。もがいても全身が締め付けられていくばかりで、どうすることもできなかった。

「バレたらお前が損するだけだぞ、大声出すな」

荒い息が耳元で聞こえ、そしてジョンスンは次第に気が遠くなった。

ようやく気が付いた時、ノートも何もかも投げ捨てて、急いで下着を摑み、這うように店を出て家に向かって走った。

家に辿り着き、部屋の中に倒れ込んだ。全身が痛み、震えが止まらなかった。午後の日差しが障子の間から入り込んで、満身創痍の彼女の体を柔らかく慰めてくれるように包んだ。倒れたまま彼女は気が遠くなっていくのを感じた。

どれほどの時間が経ったのだろう、裏庭で物の擦れる音が聞こえた。驚いて起き上がった。全身が硬直し、息が苦しくなってきた。喘ぎを抑えながら震える手で戸を摑んだままそっと外の様子を窺った。母が畑仕事から帰ってきたのだ。すでに山影が山の中腹から村にかかっていた。

母はジョンスンの靴を確かめてから、庭に何かを広げて干していた。それから畑で採ってきた野菜の土を落とすなど、手際よく下処理に勤しんでいた。再び外は静かになった。母はやり残した作業を仕上げようと、再び畑に戻っていったようだった。

安堵の溜め息が出た。母が部屋に入ってきたら、どうすればいいのか。息を殺して緊張していたジョンスンは、母の気配が遠くなるのを確かめ、思わず呻き声を漏らした。

ジョンスンは仕切戸の取っ手を摑んで立ち上がろうとした。下半身がねっとりとして、刺すような痛みが走った。容易に起き上がることができなかった。手足と体全体が痛み、引きつるようだった。しばらくうずくまっていたが、すぐ横たわった。今日のことをすべて母に話さなければならないと思った。

「バレたらお前が損するだけだぞ、大声出すな」

一瞬、荒い息を吐きながら脅していた獣の声が脳裏をよぎった。

幼いながら、女性が貞操を失ってはならないことぐらいジョンスンも知っていた。そんな噂が立っただけでも大変なことになることも知っていた。特に、こんな山奥の小さな村で、誰も想像できない出来事、考えただけでも全身に戦慄が走った。天地が動転するようなことが何故、自分の身に起こったのだろう。この出来事をどこで、誰に打ち明ければいいっていうの。

家父長制の根強い社会では、父の威厳と権威がすべての判断の基準だった。一家の権威である父がこのことを知ったら、家は大変なことになるだろう。それに留まらず、間違いなく刃物を持ち出す騒ぎになるという予感が、幼い彼女をさらに萎縮させた。

思い出す度に、見えない鎖が彼女を締め付けるようだった。ジョンスンはその鎖を自らの力では引きちぎることができなかった。恐怖は、やがて人の仮面を被った悪魔への呪いと恨みに変わった。しかし、ジョンスンには復讐する手立ては何もなかった。考えれば考えるほど、すべてがとてつもなく大きな壁のようで、恐ろしくなるばかりだった。

誰にも言えないという事実。親にも秘密にするしかない事実。口を噤《つぐ》まなければならないことが、彼女の心に耐え難い重しとなって圧《の》し掛かってきた。

もし家の外であの獣に会ったらどうしよう。近所の人に知られたりしないだろうかと思うと、家の外に出ることも、学校の帰り道も、険しい茨の道のように思えた。彼女は外に出ることが恐ろしくなり、親しかったボンナムにさえ、あの日以来、目を合わせることを避けるようになった。ボンナムも敢てジョンスンに話し掛けてこなかった。話し掛けてこないばかりか、心なしか避けているようにも見えた。ジョンスンの表情が暗いからだろうか。しかし、ジョンスンを見つめるボンナムの表情も同じように暗かった。

ジョンスンには、この村や家までもが地獄のように思えてきた。そんな地獄から一日でも早く離れたいと思った。とはいえ、まだ子供の彼女には故郷を出て行く術はなく、なおさら、生まれ育ったこの村が地獄のように思えた。

あの日以来、そのことを考えただけで下半身が疼き、お腹が痛くなってきた。食欲もなかった。炊事の手伝いも家事の手伝いも億劫《おっくう》ですべてに無気力になった。心はずたずたに引き裂かれ、心や体だけでなく、頭の中までえぐられる深い傷跡が刻まれたようだった。

明るかった表情が消え、口数もめっきり少なくなった。一人座ってぼんやり遠くの山を眺めることが多くなった。ふっくらしていた体もめっきり細くなった。思い詰めたような暗い影が顔を覆うようになった。

それでも彼女の生活は続いた。しかし、娘のこうした変化に、親は積極的に関わろうとしなかった。日々の暮らしに精一杯だったこともあるが、ただ思春期を迎えた証と思っていたのかも知れない。

小学校の六年間はこうして終わった。

上級学校への進学は親たちも初めから考えていなかった。本人も同じだった。学校に行くことがなくなってからしばらくの間、母と一緒に畑に行って手伝いをするのが彼女の日課となった。畑に行かない時は一日中、家で留守番をする毎日だった。彼女の行動範囲は家の中と周囲に限られ、こうして数年が過ぎた。

家にいる時はいつも隈無く掃除をし、庭を何度も掃き、土塀に草が根を張る暇さえ与えなかった。やるべきことが尽きた時は、何度も繰り返し顔や体を洗う病的なまでの潔癖症になっていた。

その年は蜂蜜が豊作で、薬草も沢山採れた。翌年も同じだった。そこから得た収入で家計も少し余裕ができた。ジョンスンの父は、住まいを移そうと家を売りに出した。ジョンスンは、その家を離れることが嬉しくてたまらなかった。母は住み慣れた家を名残り惜しんでいたが、ジョンスンは一刻も早くこの家を離れたかった。

父はジョンスンの気持ちを察しているかのように、家が売れる前に山により近い村に引っ越すことにした。遠い町への引っ越しでないのが残念だったが、今住んでいる家から離れることが何より嬉しかった。山に近い村は閑散としていて、狭い家であってもジョンスンには構わなかった。気持ちが少し落ち着くかも知れないと思った。

しかし、過去の出来事がすっかり頭から消え去ったわけではなかった。それでも嫌な思いをした村を離れ、身の毛もよだつようなあの店を見ないで済むことで、少し心が軽くなった。家の外に出ても、不安がることも、訳もなくそわそわ落ち着かなくなることも、以前より少なくなった。とは言え、口数が少なくなった彼女の性格に変化をもたらすことはなかった。

引っ越しをしてからも、彼女の仕事は相変わらず母の畑仕事を手伝うことだった。時には薬草の選別作業や手入れ、父が採ってきたハチの巣から蜂蜜と蜜蠟を分離することも手伝った。その他はいつもの通り、家の隅々を掃いて磨くことを繰り返す日々であった。

貧しい一家にとってジョンスンがやっている家事は、大して家計の足しにはならなかった。父は口数が少ない娘のことが心配だったが、今どきの若者のように町に出て遊び回ることもなく、きちんと家事を助けるジョンスンを好ましく思っていた。

そんなジョンスンもやがて十八歳になった。

物静かで、器量よしに育ったジョンスンに、その年の秋、縁談話が舞い込んできた。花婿候補は農家のまじめな青年だった。取り立てて学歴のあるほうではなかったが、それはジョンスンも同様で、釣り合いの相手だった。父は、配偶者が現れたこの機会をとらえ、結婚適齢期を迎えた娘を嫁がせることが得策と考えていた。

父の決断に母も賛同した。父は早速、町に行くついでに青年に会ってきた。気に入ったようだった。ジョンスンは嫁に行きたくないと断った。しかし、父はもちろん、母も、まずその青年に会ってみるよう説得にかかった。

ジョンスンとしては男に会うこと自体嫌だった。けれども、むやみに拒否し続けることもできなかった。やがて日取りが決まり、やや強引な母に従って町に出掛けることになった。帰り道、母は青年について、健康そうに見えたとか、働き者に見えたなどと語り掛けて娘の顔色を観察していた。家を出た時から終始無言を通していたジョンスンは、母のこうした言葉に何ら反応を示さなかった。

町に行く途中、嫌でもその雑貨店の前を通らなければならなかった。帰り道も同じだった。ジョンスンはその店の前を通る時、全身が震え、口の中がからからに乾いた。それを悟られまいと母の顔をしきりに盗み見た。

普段、寡黙な娘なので、母は娘の態度に注意を向けることもなく、関心を見せなかった。今日、見合いをした青年なら、娘を任せてもいいと思ったようだ。その思いの中には、常に口数少なく暗い性格の娘が結婚でもすれば、幾分明るくなるかも知れないという漠然とした期待があったのかも知れない。

青年をどう思ったのかと聞く母親の問いかけに、ジョンスンは何も答えなかった。結婚をしきりに勧める言葉にも返事をしなかった。嫁に行きたいわけでも、かといって嫁ぐことが死ぬほど嫌だというわけでもなかった。年頃になった今、どこかに嫁ぐことは本人の意思に関係なく、仕方のないことだと思っていた。一方で、言葉にしなかったが、環境が変われば、長い沈黙を守っている傷が少し癒されるかもと、無意識に期待していたのかも知れない。

それから程なく、簡素な結婚式が行われた。お互いに家庭の事情を知る者同士、家族だけのこぢんまりとした式を済ませ、新居は新郎の家の下の棟に設けた。交わすほどの結納品もなかった。家で普段着ていた服を風呂敷に包んで新郎の家に移しただけの、甚だ簡素な新居だった。婚礼の日もジョンスンの表情は淡々としていた。彼女には新婚生活に対する期待も、これからの夢や生活設計などもなく、略式の簡素な結婚式に対する不満もなかった。ただ嫁に行くように言われ、その通り従っただけのことだった。

しかし、夕方になると、夫が仕事を終え家に帰ってくることが不安だった。夜になると、気持ちを強く持とうとするものの、男と二人で同じ部屋にいることが不安でたまらなかった。特に男の肌が皮膚に触れるのが嫌だった。落ち着くよう自分自身に言い聞かせ、寝床につくと、子供の頃に経験した恐怖が襲ってきた。そんな時は全身が萎縮するのを自分でもどうしようもなかった。

あの苦痛の記憶が、長い年月を経ても消えることなく、再び鮮明に甦るのだった。それでも耐えなければと何度も自分に言い聞かせた。しかし、いざ耐えようとすると、心の奥底から込み上げてくる男に対する嫌悪感が彼女の全身を支配した。

意識的な努力でどうにかなることではなかった。益々募る男への嫌悪感が彼女の胸を締め付け、夫のそばに近づきたくない、と思うこの病を誰が治せるだろうか。

覚悟を決めて夫の要求を受け入れる時も、彼女は歯を食いしばって耐えようと必死になった。時には、夫と雑貨屋の男二人が一緒になって彼女に襲ってくるようで、彼女は熱せられたトタン屋根の猫のように、反射的に飛び上がり、新郎を押しのけながら思わず悲鳴を上げた。

人生で最も甘いはずの新婚の夜が恐怖と不安で彩られた。ジョンスンはこれではいけないと、何度も心に誓っても、夜になると元に戻ってしまうのだった。自分でも情けなく思うばかりだった。

田舎育ちの夫も、初めは彼女が世間ずれしていない娘だからと思っていた。男経験のない子だから恥ずかしいのだろうと思った。しかし、毎晩同じことが繰り返されると、夫も妻と一緒に過ごす夜を徐々に不満に思うようになってきた。ついに、新婦への不満が家の中の些細なことから現れ始めた。新婚ひと月にも満たない時期からこのようなことが起こるのは、尋常なことではない。

夫は妻の側に行きたい熱意が徐々に冷めてしまい、夜になると、あまり得意ではないはずの酒を飲み始めた。さらに、仕事が終わると時間通り帰ってきて、一人背を向けて寝てしまうことが多くなってきた。花嫁に向かって顔をしかめる頻度も徐々に増えてきた。熱く甘いはずの新婚生活が次第に冷えていくのだった。

やがて夫はあれこれ難癖をつけて、花嫁に不平を言い始めた。ジョンスンは新郎のイライラを受け入れることも反撃することもしなかった。表面的にはただ淡々と受け流した。新郎はそれも気に入らなかった。

ジョンスンは何度も自分の態度を改めようと頭では考えていた。しかし、彼女には困難なことだった。夫は妻の態度に怒りを覚えた。血気盛んな若い男として、花嫁を側におきながら、一人で寝るのは容易なことではなかった。そんな鬱屈が蓄積した夫は、次第に花嫁に対して寛大になれなくなり、新婚生活は一歩ずつ破局に向かっていた。

暗く、不完全燃焼のまま、ジョンスンの新婚生活はついに終止符を打った。風呂敷一つの荷物とともに嫁いだ彼女の不安と焦り、今度はそれに孤独が加わって彼女は実家に戻ってきた。風呂敷包み一つで戻った切ない娘の離婚を、母が涙ながら何度理由を聞いても、ジョンスンは無言のまま、答えようとしなかった。

夕方に帰ってきた父親は、戻ってきた娘をバカな娘だと罵り、烈火のごとく怒った。すぐカッとなる父の性格からすれば、有無を言わさず、訳を問いただそうと新郎のところに娘の腕を引っ張っていきそうなものだが、なぜかそうはしなかった。恥さらしだと言って、娘をひっぱたきそうな性格の父だが、やはりそれもなかった。

父はその後、夜になると一人溜め息をつきながら酒を飲んでいた。その内いびきをかき、眠りの中にすべての煩わしさを閉じ込めてしまうのだった。

ジョンスンが実家に戻った翌日から、家の中には冷たい風が吹くようになった。両親は仕事が手につかない様子だった。しかし、ジョンスンは敢て何気ないふりをした。むしろ心の不安が消えて気持ちが楽になった気がした。慣れ親しんだ台所、食器を洗い、庭も掃いた。母はそんな娘を見ていると胸が詰まった。ジョンスンは娘の頃の日常に戻ってきたことで気持ちが落ち着いてきた。

数日が過ぎた。ジョンスンが実家に戻ってきたという噂は、アッという間に村中に広まった。このちっぽけな村で、噂など覆い隠すことはできない。しかし、ジョンスンはそんな噂を気にするふうでもなかった。噂になったとしても、自分とは関係のない他人事のように感じていた。

村を駆け巡ったジョンスンの噂も、生活に追われ疲れた人々にとっては束の間の出来事。他人のことにいつまでも関わって、ああだこうだと言い続ける人はいなかった。本当の事情が気になるところだろうが、近所の人たちは、むしろ結婚に失敗して戻ってきたジョンスンに同情していた。敢てあらぬことを憶測する者もいなかった。

ジョンスンが嫁ぐ前の日常に戻るまでにさほどの時間はかからなかった。あの雑貨店のある村に行くことも、前夫が難癖を言ってくることもなく、彼女の日々は穏やかだった。喜怒哀楽の表現が少なく、家の中で黙々と働く彼女に対し、周りの人たちも何事もなかったかのように接した。

こうして数年が過ぎた。あどけない娘の姿は消え、口数の少ない誠実で頼もしい女性の姿に変貌した。しかし、今もなおジョンスンは、雑貨屋の男への恨みやその痛みを消そうとしても、心底から消し去ることができなかった。

記憶の奥深く刺青のように刻まれているのだった。

他人の目には見えない染み、消えない記憶の染み。彼女はその黒い染みを自分では自覚していなかった。この深い精神的な外傷と過度の潔癖症を、治療すべきこととは思っていなかった。彼女は時々、鬱になった。

鬱に陥り、その状態が深まると自責と悲嘆に駆られた。愚かな自身の人生を振り返ると、波のように押し寄せる怒りと悲しみを受け止めることができなかった。苛々した気持ちと取り留めのない様々な思いが交錯し、混乱と訳の分からない不安にさいなまれた。

このまま生きて何になるという疑問が頭をもたげると、生きることが無意味に思えた。外に出掛けたり、誰かに会うことも面倒だった。一日中、家に一人でいることが一番の安らぎだった。

幼馴染みのボンナムが息子を産んだという知らせにも、彼女の心は動かなかった。会いたいとか、祝ってやりたい気持ちも起こらなかった。自分とは何の関わりもない他人の人生なのだから。村に残る数少ない友人が嫁に行った話も、誰かが男の子を生んだとか、誰かが女の子を生んだとか、誰と誰が結婚したとかいう類の話に全く関心を持たなかった。

彼女を縛り続けたまま決して薄れることのない記憶。彼女の周りの環境がどう変わろうと、その記憶だけは変わらなかった。剝ぎ取られた下着を摑んで逃げ出した時の記憶。それはネガフィルムのように、時にはポジフィルムのように、生々しく彼女の記憶の中で蘇るのだった。

生活に何か変化がなければ、おかしくなりそうだった。けれども、他人の目に映る彼女は、ただ静寂の中にいるように見えた。大人しく、いつも家の中をきれいに整え、静かに暮らす優しい女性に見えた。なぜあんなにいい子が結婚に失敗し、戻って来たのだろうと隣人たちには彼女が不憫に見えたようだ。

ジョンスンのもの静かで誠実なしっかり者という噂が、少しずつ村から村へと伝わっていった。人の噂も七十五日。彼女が出戻りという悪い噂は、そう長く付いて回ることはなかった。不憫《ふびん》だと思った記憶さえ、時間が経つにつれて少しずつ薄れていった。日々の暮らしに精一杯の貧しい人々が、長い間、他人の話に首を突っ込む余裕などない。

時間が経つと近所の人の口から彼女の再婚話が時々持ち上がった。子供がいるわけでもなく、大人しい女性。貧しいけれど彼女がその気になれば、独身である彼女に再婚の障害となることなど何もないと誰もが思っていた。

しかし、そんな話が出るたびにジョンスンは手を振って話を遮った。自分の障害とは、世間的に問題があるか否かではなかったからだ。男と同じ家で暮らすこと自体が嫌だった。男を見ると、獣のようなあの店の男が連想されて耐えられなかったのだ。心穏やかにいられる今の暮らしを捨て、敢て痛いところに針を刺すような再婚など、考えただけでもいたたまれなかった。

しかし、親の考えは違っていた。一人になってひっそり暮らす娘を見ると、母の胸は痛んだ。娘を不幸から救うためにも再婚を進めたかった。周りからの再婚話は、親への叱責《しっせき》の声に聞こえた。

母は時々娘の意中を探った。女は嫁いで子供を産み育てることが幸せである、と繰り返し説得にかかった。それでもジョンスンは全く聞き入れなかった。

ジョンスンは時々、年老いていく親に申し訳ないという罪悪感に苛《さいな》まれた。そんな時、彼女は目の前に広がる山をぼんやり眺めた。心の乱れは孤独とともに斜面を這い上がり、山腹を覆う霧のように彼女を取り巻き、目の前を曇らせた。それでも再婚をすることが自分に関わることだと思いたくなかった。

山里での四季の変化は目まぐるしく、雪が降る頃になるとイノシシが村に降りてきて畑を荒らした。花が咲く頃にはミツバチがせっせと働き、木々の青い葉が山肌を染める頃には、父が薬草を採るために山々を隈無く歩きまわり、しばしば日が暮れるのを忘れるくらい精を出した。母は真っ黒に日焼けした手をせわしなく動かし、段々畑を耕した。晩秋になるとジョンスンは、山に入って灌木の枝を集めて運び、越冬準備に勤しんだ。

初冬のある日の夕方、一杯飲んで帰ってきた父が重い口を開いた。縁談がまとまったので嫁ぐ支度をしなさい、と強い口調で言い放った。それはジョンスンには千両の重みに感じる一言であった。母も一言二言触れたきりで、このことについて口を噤んだ。

その夜、ジョンスンは眠れなかった。考えたくなかった問題が、彼女の心を再び掻き乱した。それに、自分が今、親の荷物になっていると考えると、深夜が過ぎ、雄鶏が啼く時刻になるまで寝返りを打つばかりでまんじりともできなかった。いっそのこと、何も考えず家を出ようかとも思った。

春になると、再びジョンスンの結婚話が持ち上がった。今度は近所の人が熱心に仲人を買って出た。相手の人はジョンスンが住んでいる場所と遠く離れた田舎町に住んでいた。釜山とそう遠くない場所だった。男は四十歳になるまで縁に恵まれず、外国人女性を迎え入れて結婚をすることも考えているところだった。農業を生業としているが、まずまずの暮らしぶりだという。性格もよく、女性が承諾してくれるなら、ほかに何も望まないとのことだった。

男は母親と暮らし、その母のたっての願いは一人息子の配偶者を見つけることだった。息子の嫁に来てくれる人なら、娘のように大事にすると言っており、仲人も、こんなに条件の良い相手は滅多にないので、ぜひこの機会を逃さないように、と決断を促した。

母もジョンスンに心を決めるようじんわりと勧めた。勧め、といっても、それは彼女の考えを聞くのではなく、心を決めるよう迫るものだった。ジョンスンの離婚歴のある過去など全く気にせず、しかも男は初婚であり、これ以上の相手は望めない、と繰り返した。ジョンスンには母の切なる思いが痛いほど分かった。

生涯一人で暮らすつもりでいたジョンスンは、また悩み、眠れぬ夜を過ごすことになった。一人を通すことは、自分はいいとしても、老いていく親にしてみれば、安心してあの世に行けない遺恨を残すことになるだろう。いずれにせよ、結婚のことを考え直さねばならない状況に置かれたことは明らかだった。

母の言うように、生涯一人で生きていけないのが人の運命だとするならば、どんな決断であれ、今、下さねばならない。それで親も少しは重荷を下ろすことになるだろう。いくら考えても、嫁に行きたいという気にはなれなかったが、今のような条件の相手は滅多にいないだろうということは分かった。

相手の年齢が少し高いのは、自分の欠陥に比べれば大したことではない。しかし、全く気乗りしないのがジョンスンの偽らざる心境であった。男と肌を触れ合わせることなど、どう考えても恐ろしいことだった。考えあぐねながら、彼女はまた夜を明かした。

ジョンスンの住む山奥まで訪ねてきたその男に会った。会ったというよりも、ただ見たと言う方が正しい。数日後、母と仲人に連れられ、男が住む家に行って、その人の母親にも会った。

男の母親は素朴な田舎のおばさん、優しい人だと一目で分かった。ジョンスンを見つめながらあんなに喜びの表情を見せる人が、嫁いびりなどするはずがないと思った。息子の嫁を探すことが一生の願いだったという母親は、淑やかなジョンスンを見て一目で気に入った。言葉も通じない外国人の嫁でもかまわないと諦めていたところ、突然現れた福の神を迎えたかのような表情だった。

ジョンスンはついに故郷と遠く離れたこの町で生きることを決心した。今回も、結婚式とは名ばかりの静かな式を挙げた。近所の年長者に結婚の報告を行う程度の婚礼であった。

ジョンスンは嫁ぎ先が故郷から遠いことが気に入った。塞ぎがちだった心を開き、新しい生活を始めるには、実家から遠い所がよいと思った。

夫はいつも上機嫌で、姑もジョンスンを大事にした。ジョンスンもこの環境の中で、しっかりと生きていこうと心に決めた。どんなに苦しくとも、この家で、歯車が狂ってしまった自分の人生を立て直そうとする決意が、彼女の心をしっかり繋ぎとめた。

その決意を支える最初の課題は、過去を忘れることだった。せっかく勇気を奮い起こして新しい一歩を踏み出した今、もう二度と風呂敷に荷物をまとめて実家に戻ることはしない。この家で骨を埋めようと固く誓ったのだった。そして、その誓いは実行できそうな気がした。何とか初夜を無事に過ごした。彼女の固い決心が、様々な精神的な不安や恐怖、混乱と葛藤に耐え抜く力を与えてくれた。

しかし、見ず知らずの男と始めた彼女の新しい生活は、慣れないことばかりで、ぎこちないものだった。彼女の心を知る由もなく、無邪気に喜ぶ夫を見る度に良心の呵責《かしゃく》にさいなまれた。再び夫との夜には昔の悪夢が甦り、彼女の頭の中を容赦なく掻きむしった。自身が不潔なものに汚されていると思う気持ちが拭いきれず、翌朝、夫の顔を直視することができなかった。

彼女の一日一日は、決意と葛藤の間を行き来していた。そんな繰り返しの日が続くなか、彼女は体に異変を感じた。妊娠であった。天からの祝福であると、家中が喜びに沸いた。しかし、彼女は不安であった。子供の時のあの雑貨店で起きた記憶が、彼女に新たな悔恨と怒り、そして罪悪感を抱かせ始めた。喜ぶべき懐妊が彼女には素直に喜べなかった。新たに生まれてくる命を喜ぶ夫に対してさえ、罪悪感を抱くのだった。

それから間もなく彼女は出産をした。男の子だった。夫の喜びはいうまでもなく、姑にとっても彼女は家の代を継ぐ子をもたらしてくれた真の福の神だった。生まれたばかりの赤ん坊を見る度、泉のように湧く子供への愛情をジョンスン自身も感じていた。その一方で、自分自身が汚れていると思う精神的な圧迫を振り払うことができなかった。それが自分を徐々に壊しているという意識が彼女の心を乱した。夫や姑に贖罪《しょくざい》する道を見出さなければ、と考え続けるようになった。何も知らないで生まれてきた新しい命のためにも、贖罪の道を見つけるべきだと思い始めた。

ついに、彼女は身の周りにある僅かな衣類をまとめて家を出た。行く当てのないまま、彼女自身も自らの行動に戸惑い、考えがまとまらなかった。子供まで置き去りにした理由は、自分でも説明がつかなかった。

赤ん坊を大事に育ててほしいと、夫宛に一筆書き残しただけだった。そして誰も知る人のいない無縁の街、釜山に向かった。そこで暮らしを立てるために就いた仕事が食堂の手伝いだった。

しかし、食堂の仕事も精神的に耐え難いものばかりだった。客から言われる心無い冷やかしは、潔癖症の彼女に耐えがたく、夜ごと悪夢にうなされるのであった。その度に赤ん坊を思い出し、夫には申し訳なく思った。そして彼女が生まれ育った故郷が恋しかった。

故郷への思いが募るほど、あの店での悪夢が頭をもたげ彼女を苦しめた。ついに彼女は、自身が生贄《いけにえ》になってでも、その悪夢の源であるあの店の男をこの世から消してしまいたいと思うようになった。そうすれば、自身の葛藤と混乱から解き放たれ、子供と夫の前に迷いなく立つことができる。考えがここに及ぶと、暗い湖の底に一筋の光が差し込んだように感じた。自分を生贄に差し出し、悪の化身を排除しようと意を決したのだった。

決心をすると、全身がブルブルと震えた。これまで幾重にも縛られていた体がようやくその縄をほどき、自由になれそうな気がした。閉じ込められていた鳥籠から出て空高く飛び立てそうな気がした。

彼女が何かに取りつかれたように故郷の村に向かい、辿り着いたのは昼過ぎだった。どこにも寄らず、彼女は雑貨屋に直行した。そして食堂から持ち出した包丁を取り出し、夢中で振り回した。男は悲鳴をあげ、彼女の目の前で崩れるように倒れた。彼女が正気を取り戻した時、全身に返り血を浴びたまま、手首には手錠が掛けられていた。

数日後、ジョンスンは警察から検察に移された。体には縄が巻かれ、検事の前に座った。テーブルの上には、倒れた死体の横に、彼女が持っていた血の付いた包丁の写真があった。そして、死体の隣にぼんやりと立っている自分の写った写真もあった。彼女は書類に貼られているこれらの写真をじっと見つめた。現場検証報告書だった。

犯行現場に警察が駆け付けた時、彼女はただぼんやりと立ったまま、犯行を否認することもなかった。検事に対しても一切言い訳をしなかった。黙秘権を行使するのかとの問いに、何を言っているのか、その意味が分からなかった。彼女はただ黙っていた。

拘置所に入れられている間、彼女はむしろ気が楽になった。目の前を塞いでいた壁が崩れ、胸のつかえが取り除かれた。喉の詰まりが取れ、呼吸がしやすくなったように感じた。頭痛の時や息苦しい時に呑んでいた薬も要らなくなった。呑まなくても平気になった。

裁判所に引き渡される前、検事は再び彼女を呼び出した。彼は分厚い書類をめくりながら、彼女の負った心の傷に同情の余地はあるが、個人的な恨みを晴らすために法を犯してはならないと言い聞かせた。ジョンスンは検事の言葉が理解できなかった。ただ黙ってそこに立っていた。

検事は、これから裁判所で裁判を受けることになると説明した。ジョンスンは裁判などに関心はなく、罰を受けることを深刻に捉えていなかった。ただ気持ちは晴れ晴れとしていた。これから始まる出来事について疑問も不安もなかった。自分が間違ったことをしたとは全く思わなかった。

検事が部屋を出た後、検察書記がいくつか追加の質問をした。その質問が自分と関わりのある話なのかどうかの判断もつかなかった。彼女は一生を刑務所で暮らすことになったとしても、一切悔いはないと思った。自分が犯した行為によって、長い間、塞いでいた胸のつかえが下りて、呼吸が楽になり、体が軽くなったように感じただけだった。

ついにジョンスンの公判の日が来た。刑務官は縄で拘束され、法廷に入ったジョンスンを、他の事件の被告である男の隣に座らせようとした。隣に座っている被告をちらっと見たジョンスンが体をすくめた。判事は刑務官に対し、ジョンスンを男の被告席から一メートル以上離れた場所に座らせるよう指示した。

ざわざわしていた場内が静まり、公判が始まった。

まず、判事はジョンスンが本人であることを確認した。関連犯罪事件の関係者であることを確認した後、いくつか質問を行った。初日の公判はあっという間に終了した。

判事が質問する時、あちらこちらからカメラのフラッシュが光った。判事は、法廷に入って写真撮影に忙《せわ》しない記者たちに何度か注意を促し、本人確認の尋問は滞りなく行われた。

その後、国選弁護人が拘置所にいる彼女を何度か訪ねてきた。しかし、彼女は自分のための弁解を一切しようとしなかった。弁護人はもどかしい思いだった。

二回目の公判が行われた。弁護人が同席したこの日の公判で、判事は、ジョンスンに事件を犯した動機について尋ねた。そしてジョンスンの過去の行いについて細かく尋ね、これまでの生活についても尋問したが、ジョンスンはほぼ口を閉ざすか、簡単な返事しかしなかった。

求刑公判の日、検事は懲役五年と保護監視処分を求刑した。子供の頃に受けた性的暴行の衝撃によって結婚生活を営むことができず、社会活動にも支障をきたし、統合失調の症状を見せている点を十分考慮すべきだが、殺人という明白な目的意識を持って行われた犯行であるため、法廷最低刑を要求するとの内容だった。

弁護人は、五年の懲役は過度の求刑であると対抗した。被告人が精神的な抑圧から解放され、自由に精神治療を受けられるよう無罪釈放を主張した。性的暴行が二十年にわたり被告の心を蝕み、個人の人格や、その後の人生を無残に破壊してしまった点を強調した。そして、近年、頻発する性的暴行犯罪の防止と被害者の保護を求める意味を込めて、無罪判決を下すべきであると力説した。

弁護人はさらに弁論を続けた。

被告人は性的暴行の衝撃から立ち直ることができず、二度の結婚に失敗した。積もり積もった怒りと心神喪失状態が起こした衝動的な犯罪は、我々の社会が共にその責任を負うべきである。二十年以上にわたって懲役刑よりも重い苦痛の中で生きてきた被告に、さらなる懲役五年とは犯罪の性質上、重すぎるものであると主張した。そして、事件の判断と法律の適用は裁判官の特権であるが、刑の宣告は裁判官の責任でもある。抵抗する力のない子供に性的暴行を行うような誤った社会現象を予防するためにも、被告に対して寛大な判決を下すよう求めた。その間、ジョンスンはただ床を見つめたまま立っていた。

弁論が終わると、傍聴席からささやき合う声が聞こえた。裁判官は傍聴席に向かって、静かにするよう注意を促した。弁護人がさらに言葉を続けたが、ジョンスンには遠くから聞こえるラジオのようで、内容は耳に届かなかった。

暫く後、裁判官はジョンスンに向かって、最後に言いたいことがないかと尋ねた。ジョンスンは何も言わなかった。そのまま身動《みじろ》ぎもせず立っていた。ただ、長い間、自身を締め付け、圧しつけていた重しが外れ、自由が彼女を包み込んでいるのを感じた。

彼女は籠から放たれた一羽の鳥になって、遠く故郷の裏山を飛び越え、天空に向かって自由に羽ばたくのだった。

風葬の夢

ソウルに住む娘から電話があった。父の様子が気になるので見に来ると言う。なぜ急に。しかし、嬉しい電話だ。スウォン*（水原）に住む弟を連れて一緒に来るとも言った。長い間、連絡が途絶えていたのに、何か急な用事でもあるのだろうか。あまり急な話で戸惑ったが、それでも来てくれると聞くと嬉しい。その一方で、何故か心配で落ち着かない。心配は老婆心のせいだろうか。いずれにせよ、離れて暮らす子供が帰ってくると思うとウキウキしてくる。私の誕生日にも、自分の母親の法事にも忙しいと言って来なかったのに……。

学校の先生がそんなに忙しいとは知らなかった。会社勤めの弟なら、日曜・祝日の区別なく働くこともあろうが……。いずれにせよ、父親への関心が薄いからだろうと思っていた。本音を言えば、子供たちの態度に不満がないわけではなかった。休みの日には親を訪ねるより、家族と過ごすのが当然なのだろう。そう思って、自ら寂しい気持ちをいつも慰めてきた。ところが、突然訪ねてくると言うではないか。

＊韓国北西部の都市。京畿道の道庁所在地。

子供たちの訪問は、湖底のように静まり返った平和な私の生活が揺さぶられることでもある。なぜ急に、という気持ちと期待のようなものが入り混じって、やや混乱していた。この訪問の知らせには、何か理由があるような気がしてきた。老いて疲れがちであっても、一人暮らしの気軽さの中、子供たちが来れば、私の静寂な日常が乱れそうな気がした。

それでも、心ひそかに子供たちが来るという知らせを待っているところもある。燃え上がる松明のように、子供たちに会いたい気持ちを抑えようがないのも事実だ。あれこれ考えを巡らすのをやめよう、と頭を振った。

いつもなら面倒で敷きっぱなしにしている布団を、今日は久しぶり綺麗に畳んで、部屋の隅に寄せて置いた。数日に一回程度、しかも大まかに済ます拭き掃除も今日は丁寧にやった。子供たちに、一人暮らしの老人臭漂う部屋を見せたくなかったからだ。しかし、たったそれだけの作業でも、額に汗をかき、息が上がった。

普段、朝食は遅めにとる。ゆっくりできるだけ簡単に。食後は眠気に襲われ、しばし眠る。目が覚めると読みかけの本を持って座る。しかし、すぐ目が霞む。集中力も昔のようにはいかない。わずか数行の文字を辿っただけで、また眠気が行間に割り込んできて、瞼に重く圧《の》し掛かる。歳をとると睡眠時間が増えると聞くが、まるでその実証実験でもしているかのようだ。

頁を開いたもののめくることもなく、しばらくコックリコックリを繰り返すと、陽はすでに天高く昇っている。急ぎの用事などあるはずもなく、トボトボと街に出て、美味しそうなものはないか店先を覗き込む。昼食と夕食を兼ねて、どじょう鍋に焼酎一杯を添える。こうして今日も無事一日が終わる。どじょう鍋に飽きると、タコの炒め物に注文を変えたりする。腹ごしらえを済ませ、食堂を出る頃には、いつの間にか外は夕暮れになっている。電灯に照らされた通りを歩きながら、取りとめのない思いを巡らす。

じんわりと焼酎の酔いが回る頃、ようやく安息を感じる。家に戻り、部屋の隅に押しやった布団を引き寄せて、潜り込んで足を伸ばす。こうして私の一日が幕を下ろす。

今日は子供たちが来る日だが、外に出て待つことはしなかった。時間をはっきり言わなかったので、いつやって来るのか分からないからだ。昼食は朝の残り物で済ませた。

最近の若い連中は昔の話を持ち出すと、聞く前から眉間に皺《しわ》を寄せ、無条件拒否する。昔は昔、今は今、耳にタコができるほど聞いたと言わんばかりに嫌な顔をする。

それでも言わなければならないことがある。どんなに偏屈だと言われようが……。若い頃、我々は命をかけて戦った。数多《あまた》の屍を乗り超えて生き残った。ナクトンガン*（洛東江）の戦闘で我々は死線を越え、混乱と狂気のあの時代を生き延びて、今の時代をつくった。そんな時代を

＊韓国最長の河川。大邱市、釜山市などの主要都市を貫流して朝鮮海峡に注ぐ。

全く知らない若い連中が、どうやって我々の若い頃のことを理解すると言うのか。あの戦争の恐怖と我々が味わった苦渋の体験は、嫌でも聞くべきだろうに……。

我が家の子供たちは幼い頃、トイレを使った後、水の流れが悪いと文句を言っていた。昔と違って、今は水もお金を払えば買える時代だから仕方がないのかも知れない。

取るに足りない昔話のように聞こえるかも知れないが、我々は朝鮮戦争*の最中、雑草や竹藪の中で生き延びた。ネズミや蛇も食べた。節約できるものは何でも節約した。生きるためにそれが身に染みついてしまい、今も変えられない。水一滴も無駄にしないようにし、水道料金を節約することを心掛けた。私に言わせれば小便を水道水で流すなど、もってのほかである。

最近の若者は節約することを知らない。だから昼間でも電灯を消そうとしない。もし戦争になったらどうするのか、一度見てみたいものだ。とはいえ戦争は子供の遊びでも仮想ゲームでもない。そう思うと実にもどかしい。

我々は、弾痕の穴の空いたぼろ布を身にまとい、死体の隣で腹を空かせていた。清潔さなど贅沢の極みだと思っていた。そんな話をしようものなら、今がそんな時代かと言わんばかりに抗議をする若者もいた。かつての私はこれに負けじと、口角泡を飛ばしたこともあった。

＊一九五〇年六月二十五日から三年余にわたり朝鮮半島全域が戦場になった国際紛争。韓国では「韓国戦争」という。

生きるために歯を食いしばり、爪に火を点すような生活をせずにはいられなかった。そのお陰で子供たちを大学まで行かせることができた。子供たちはアルバイトをしながら大学に通ったと言うが、そんな生意気を言われる筋合いはない。親のお陰で、何とか一人前になって暮らしているではないか。

真っ当な人間になるためには、一度くらい戦争を体験するのもよい薬なのかも知れない。眼球が落ち込むほど腹を空かしてみるのも悪くない。死んでみないとあの世が分からないように、説明だけではどうにもならない。

鉄兜が脱げたことに気付かず、手榴弾を握りしめて山越えする野性が私にもあった。戦火のなかで野戦病棟の看護婦に密かな恋心を抱いた青春もあった。声が涸れるほど「戦線夜曲」を涙ながらに歌ったロマンもあった。

あれから山河は何度も変わった。生活に追われる歳月を経て、いつの間にか年老いた。一杯の焼酎に酔い痴れ、トボトボと家路につく私に空しさだけがついてくる。この歳になると、自分の生きる道をまっしぐらに進む子供たちも色褪せた装飾品のように見える。

老いとともに妻が一番頼れる友になった。しかし、無情にも天はその恩恵さえ私に与えてくれなかった。妻が先立つことは、人生の旅路の途中、車輪の片方が外れてどこかに転がってしまったようなものだ。それは寂しさでもあり、どこにも行けず、冬の荒涼とした風景画の中に、ただ一人立ち尽くしているようでもある。

食堂を出た私は物思いに耽りながら帰途に就いた。ふと顔を上げると、見知らぬ風景が広がっていた。ネオンサインに映し出された景色は見慣れないものばかりだ。ここは私がいつも行き来している道なのか。あれはいつもそこにあった建物なのか。酔っぱらって、夜遅く帰宅した若い頃と違った方向感覚に戸惑った。けばけばしい色のネオンサインのせいか、それとも考え事に耽ったあまり横道にそれてしまったのか。辺りをキョロキョロ見回した。

「ちょっと、尋ねたいんだが……」

通りすがりの青年が足を止め、頭を下げて挨拶をしてきた。私の知らない青年だった。彼にとって私は顔見知りなのか。私を何度か見かけたことがあるのだろうか。同じマンション団地に住む青年なのか。

「すまんが、この辺りの金剛山マンションを知らんかね」

異邦人のような問いかけに青年は怪訝《けげん》そうな顔をした。闇に差し込むネオンの光が彼の表情を浮き上がらせた。やはり私には見知らぬ顔だった。その青年は、私が向かっている前方の方角を指さした。彼が指し示す方向が金剛山マンションへの道なら、私がいつも通っている道なのに、まるで初めてのように見えた。

雑念が多すぎて方向感覚を失ったのか。それとも同じ距離、同じ風景が時間によって違って見える攪乱現象によるものなのか。多分、そうかもしれない。この歳になると勘が鈍り、とっさの判断力も衰えてしまう。そのうえ、一杯の焼酎が私を雑念の中に引き込み、沈みがちの気持ちが集中力を鈍らせてしまったようだ。

待っていた時間に子供たちは現れなかった。

結局、翌日、土曜日の朝になって玄関のベルが鳴った。ベルの音が薄暗い部屋の空気を震わせた。しかし私は慌てなかった。目を覚まし、夢うつつのまま目をこすった。返事をしながら寝返りをうち、ゆっくり膝を起こした。一体、今何時だ。ドアのロックを外すと、子供たちが手荷物を提げたまま立っていた。

「昨日来ると思ったのに、こんな早い時間に来たのか」

子供たちは頭を下げ笑顔を見せた。顔には疲れが滲んでいた。早朝から乗物に乗り長い移動で疲れたのだろう。

「ああ、あの子の名はなんだったかな、大きくなったろう」

とっさに思い出せない孫の名前を尋ねると、娘はぎくっとしたような表情で弟の顔を見た。たわいない問いかけだった。

「相変わらず忙しいのか。夜遅くまで働いているそうじゃないか。会社ではどんな仕事をしているんだ」

二人共答えず、口ごもっていた。詳しく話したところで上の空だろうし、仕事の内容もどう せ理解できまいと思ったのかも知れない。

子供たちは私を直視することなく、提げて来た物を開け始めた。近所の店で売っているお粥だった。最近はお粥ブームで、私も時々、買って食べる。温かい内に食べるよう勧められた。早朝のせいだろうか、食欲も湧かず、互いの表情も浮かないままだ。

子供たちの突然の訪問の目的は、一人暮らしを続ける私の今後を話し合うためだとのことだった。ありがたいことだが、話って一体、何の話か。

娘が口火を切った。要するに、老人ホームのような施設に入って、のんびり暮らしてほしいというのが話の核心だった。色々と理由を並べたが、そうすることで私も楽になり、自分たちも楽になりたいということのようだ。

しばらく沈黙が続き、その間、息子の方は無表情のままだった。予期せぬ提案に、私はすぐさま答えることができなかった。部屋の空気が一瞬淀み、居心地の悪さからか、二人は互いに顔を見合わせ、何か目配せでもしているかのようだった。驚きも感動も示さない私の反応に戸惑ったのかも知れない。

一人の暮らしは決して楽なものではない。三度三度の食事のことや洗濯、ガスの取り扱い、買い物に出かける時などは、玄関のカギを締めたかどうか気になって戻ることも度々ある。

八十路を目前にした重い足取りで、食材を買いに行く様は侘しく、膝にも負担がかかる。寡《やもめ》暮らしは、くたびれた服のようにみすぼらしくもあり、用もないのに女性が恋しくなる時もある。全く困ったものだ。残りの人生をなんとか無事に暮らしていくには、今流行りの療養施設や介護病院とやらに入る方が楽なのかも知れない。

私があれこれ考えを巡らす間、部屋の中は霧が立ち込めているかのようだった。子供たちはそんな重い空気に戸惑っている様子だった。意志疎通を図るには、まず互いの理解が必要だが、その片方が全く反応しないのであれば、戸惑うのも無理はない。

子供たちがそわそわしていても、私は全く頓着しなかった。死線を潜ってきた歴戦の勇士にとって、戦争を上回る衝撃など滅多にない。口をつぐみ、考え込む私の態度が子供たちにとって意外だったのかも知れない。

これまで療養施設のような所に移ることなど、一度も考えたことがなかった。しかし、話を聞いてみると満更でもなさそうだ。子供たちは既にこの件について、お互い十分話し合ったようだ。

アパートを売って老人ホームなど療養施設に移れば、お金の心配は全くないというのが子供たちの理屈だ。今貰っている教師の退職年金と退役軍人の報勲年金があれば、難なく余生を過ごせるので、一人暮らしで苦労をすることはない、と言うのである。

もし、健康を害して介護医療施設に入ることになっても、付添人や看護師が常に待機しているので、すぐに治療を受けることができる。治療にかかる費用も国民医療保険を使えば、個人の支払負担も殆どない、との説明だった。

聞いてみると、なるほど頷ける話だった。しっかり調べてきたようだ。ありがたいことだ。療養施設でそのような生活ができれば、もし、私の身に何かあったとしても、自分たちが心配することは殆どない、と思ったのであろう。

最近のソウルでは、まともな老人療養施設への入所は大変な倍率なのだそうだ。入浴や洗濯、健康診断も定期的に行われ、施設に入りさえすれば、身の周りの心配が要らない。入所希望者は増加の一途を辿っている。間もなく地方にも同じ現象が起こるので、今の内に行動に移した方がいい、とのことだ。聞いてみると、なるほどそうかも知れない。自分たちが楽になるため、出鱈目を言っているわけでもなさそうだ。最近、ニュースでも似たような内容の話が紹介されている。説明を聞くにつれ、心配してくれる子供たちが頼もしくも思えた。

年老いたら病院の近くに住んだ方がよい。突然倒れることがあっても、重症化する前に病院に移すことができるからだ。また、通信手段を確保しておけば、緊急連絡や救助も可能になる。もう妻は亡くなったが、周りに話し相手はいた方がいい。話し相手がいることは認知症の予防にもなる。

療養施設であれば、このような問題をすべて解消してくれる。近くにいつも人がいて、寂しさも紛れる。ドアを閉めて一人になれば侘しくなるマンションとは比べ物にならない。たとえ夕日のように間もなく消える人生であっても、僅かな残り火の中で他人と交わり、笑い合える。

寡暮らしのことは寡でないと分からないように、年老いて寂しい者同士が集まって互いの気持ちを共感できる所。老人療養施設は世間が思うほど惨めな場所でも、砂漠のように殺伐とした所でもなかろう。

孤独は、竜舌蘭の間をぬって静かに近づく影のようなもので、砂漠に棲むガラガラヘビの牙より鋭く、老いて病弱な者に襲いかかる。病名の分からない孤独死、それだけは御免こうむりたい。

子供たちは触れなかったが、私を療養施設に移そうという話が出たのは、私に認知症の症状が現れ始めたとの噂によるものだった。最初は介護病院を想定していたが、話し合う内に療養施設になったようだ。

子供たちにとって最大の懸念は、私に認知症の症状が出た時、介護をする人がいないことだった。そこで、このまま一人暮らしを放っておけないと判断したのだろう。介護病院であれ、療養施設であれ、合理的に考えて余生の荷を軽くするということに異存はない。

私にはまだ認知症の症状はないと思うが、ひょっとして認知症ではないかと、少し疑ったりする時はある。しかし、たとえそんな症状が出たとしても、他人に迷惑をかけることもないし、私自身、不自由さを全く感じていない。

たまに記憶があやふやな時があったりする。また物忘れをすることがしばしばあったが、その程度で、すぐ認知症だと決めつけてもらいたくはない。自分自身の自覚がないのに子供たちからの認知症云々は受け入れ難い。よく知らないくせに、私を認知症と疑うのは、どう考えても親孝行とは思えなかった。少し度を超した心配である。

認知症は通常の病気と違って、人間を空虚にしてしまう代表的な老人の病気ではないか。本人は症状を感じず、周りの人を巻き込む病気。痛みもなく本人を蝕《むしば》み、周囲を蝕む症状。本人は苦痛を感じずに徐々に壊れていく病気だから、認知症を「病」と言わず、「症」と言うのではないだろうか。

私にそのような症状があると決めつけられるのは嫌な気分だ。いくら分かっていても、平気で受け入れることはできない。考えれば考えるほど憂鬱な気分になる。

子供たちの立場が分からないわけではない。早めに手を打てば防げたものを、ちょっと油断したばかりに、手の付けられない大事《おおごと》になってしまう。親孝行も時期を逸すれば、親不孝と後指さされることにもなりかねない。父親が認知症の疑いがあるのなら、当然、対応を急ぐべきだろう。一般的にはそうだ。しかし、私は違う。いつかそんな症状が現れるかも知れないが、今ではない。

この頃、うっかりすることがめっきり増えた。それは認める。しかし、それは脳の老化現象による健忘症に過ぎない。八十路になっても、考えや行動、記憶力が少年と同じだとするなら、却ってその方がおかしい。物忘れを認知症と結び付けてはいけない。アルツハイマー病とか、明確な診断もないまま、認知症と推定するのは乱暴すぎる話だ。

記憶力と言えば、若い時の私は頭脳明晰な方だと自他共に認めていた。記憶力の面では誰にも負けない自信があった。自慢のようだが、その証拠をいくつか挙げてみよう。終戦後、中学生だった頃は、日本の本を除くと参考書らしきものは存在しなかった。当時の唯一、最高の英文法の参考書は、日本人の小野圭次郎氏が書いた「小野英文法」の翻訳版であった。私はその本を丸ごと暗記していた。今では脳みその大部分が化石化したとはいえ、頭の中にはその時の記憶が残っている。

例えば、八八ページには能動態と受動態の説明が載っている。能動態を受動態にするには、be動詞＋動詞の過去分詞が公式である。例文として、I write a letterを受動態にすると、A letter is written by meとなる。七十年過ぎても、文言の一つも間違えず覚えている。信じられないなら、今すぐ図書館に行って確認してみればいい。第二次世界大戦後、間もなく勃発した朝鮮戦争、その戦争直後に出版されたのが、「小野英文法」であった。今では伝説と化した本だから、新しい図書館にはないかも知れない。まだまだある。直接話法と間接話法について、敢て例文を挙げたりはしないが、同じ本の一一二ページを開くと、私の記憶を確かめることができるだろう。

娘と対面した時、孫の名前が思い出せなかったのは事実だ。しかし、それは一時的な物忘れにすぎない。決して認知症なのではない。そんなことは若者にもある現象ではないか。それを認知症とは言わない。

集中力に問題があるなど、とんでもない話だ。今でも新聞を読んでいる時、側で誰かが話しかけてきても気が付かない。目を閉じて瞑想に耽ると、森羅万象が静寂の中に沈むように無我の境地に陥る。このようなことが精神を集中せずに可能だろうか。そんな私に集中力の喪失やら認知症云々と言うのは全くひどい話だ。歳も歳だし、素っ頓狂な冗談を言う時もある。取るに足りない冗談だったりすることもある。しかし、それも記憶力や集中力があってこそなせることだ。

例えば、朝、目を覚まして妻に名刺を差し出しながら「奥様、今後ともよろしくお願いします」とお辞儀をする。思わず名刺を受け取った妻が呆れて、「あなた、とうとうボケちゃったのね」と言って二人はひとしきり笑う。もちろん妻がまだ生きていると仮定しての話だが、周囲の人にこんな漫才のような一場面を言って笑わせる。これを老人ボケとか、認知症の症状だと言うのだろうか。笑い話や冗談を思いつくのも、認知症でボケてしまったら不可能ではないか。

もちろん、一人で暮らすと憂鬱な時もある。そんな時はぼんやり座っていのるが常だ。鬱症が認知症を誘発する要因とも言われる。しかし、知性を持って生きている人間に喜びや悲しみ、喜怒哀楽は付き物ではないか。寂しかったり、落ち込んだり、嬉しがったり、いずれも生きている人の感情の一つに過ぎない。憂鬱なのは生きていることの証でもある。

あれこれ考えながら、指と爪の間のささくれや異物を取り除こうと、爪を噛むこともある。それも鬱病患者の症状の一つだそうだ。まさか、私に鬱病の兆候があるとでも言うのか。

食欲がある時もあれば、ない時もある。だからと言って暴食や拒食をするわけではない。一度、認知症を疑うようになると、普通の食欲も場合によって拒食や暴食に映る。むやみにイライラしたり、腹を立てたり、歳を取ると趣味への関心も薄れてくる。若い時に比べ、すべてに自信がなくなるのも当然のことだ。

一人で暮らすと対人関係が希薄になり、同時に疎外感が増してくる。若い頃と違って判断力も鈍ってくる。人に会うことも滅多にないので、服装に気を遣う必要もなくなる。その身なりがみすぼらしく映るのは否定しがたい。他人には、私の行動や身なりが鬱病や認知症の患者に見えるかも知れない。インターネットで調べてみたが、私のこれらの症状は医学的に見て、鬱病の患者なのか、それとも認知症の初期症状が現れているのかよく分からない。

若い人たちは知見を重んじる。認知症の症状と照らし合せて、私の一挙手一投足をスロー映像で判定すると、本当の患者に見えるかも知れない。民主主義に馴れ親しんだ若い世代は、時計の時間まで多数決で決めようと言い出す勢いだ。そうした多数決の盲信者から見ると、私は間違いなく認知症を患う人間に見えることだろう。

夜遅い時間に、一人でトボトボ歩きながら雑念に陥ることがある。気が付いて周りを見ると、いつもの道が違って見える。同じマンションに住む若者をつかまえて、私の家がどこかと尋ねる。彼は私を知っているが、私は彼を見かけたことがない。彼の目から私は怪しく見えるに違いない。よく見かける老人が、ある日突然、自分の住むマンションはどこかと尋ねるのは確かに尋常ではない。

私はどこも悪くない。道を尋ねた理由も明確で、普通の人の行動と何ら変わりはない。しかし、その青年にしてみれば、私は明らかに異常に見えたかも知れない。

あれこれ、色々と噂になる。噂は噂を産む。金剛山マンションのある棟に住む老人、誰それの最近の様子がおかしい。拒食したり、暴食をしたり。一人でぼんやり座っていたかと思うと近所を徘徊することが多い。自分が住むマンションの道を忘れて人に聞く。これら怪しい行動から見て認知症に違いない。朝鮮戦争の時に負傷したと聞いたが、それが災いして、早くから認知症になったようだ。噂は口から口に伝わり膨らんでいく。

こうした噂は、まるで凧揚げ大会の凧のようだ。色とりどりの凧が空に向かって舞い上がる。風に乗って尾をひらひらさせながら飛び回る。風は四方八方に吹き渡り、ソウルに住む子供たちにまで噂となって飛んで行く。同情混じりの噂に悪意があるわけではない。一人暮らしの老人が哀れに見え、将来を心配してのことかも知れない。息子も娘もそれなりに真面目に暮らしている。しかし、そんな彼らが親を一人暮らしのままにしている、と非難されることに繋がるかも知れない。

親の噂を聞くと子供としても辛い。父親が家を出て徘徊し、行方知れずになる可能性もある。もし客死でもしたら、親不孝者と非難され道徳的責任を免れられない。だからといって、聞こえてくる噂に耳を塞ぐこともできない。姥捨て山のような高麗葬*が行われる時代でもない。子の道理性はともかく、父親の消息はいつ何時、どんな不幸が訪れるか予測できないのが不安である。

父親に今のまま、いつまでも一人暮らしをさせるわけにはいかない。姉弟はまず方策を練り、

---

*高麗時代に存在したとされる老境極まって働けなくなった老人を山に捨てる風習。

それから父と会って話し合うことにしたようだ。最善の策は一人でも暮らしていける方法を見つけること。それは何か。最も容易な方法は、高齢者療養施設のようなところに入所させることだった。

子供が親を見捨てずに心配してくれるのはありがたいことだ。だからといって、そんなに気持ちの良いものでもない。心配してくれるのが嫌なのではなく、噂をそのまま信じてしまう態度が気に入らないのだ。認知症は病院や保健所でも簡単に診断を受けられる。ところが、その前に私をあたかも認知症患者であるかのような扱いをするのが気に入らなかった。

順序からして、まず病院に行って見てもらいましょうと言うのが正しい。その上で健康状態はどうか、物事に対する認知の度合いはどうか、診察を勧めるべきだろう。ところが、先に療養施設云々と切り出すのが何とも納得できない。

もちろん、私の今の健康状態を二十代と比較することはできない。しかし、高齢になったからといって、すぐに動けなくなるものでもない。どこがどう悪いのか、本当に認知症の症状があるのか、はっきりさせてから療養施設に入れるかどうか、治療するかしないか、今のままの生活を続けるかどうかを決めるべきであろう。

それを問答無用とばかりに、認知症が現れた患者のように決めつけるのは、子が親に対して取るべき態度ではない。しかも噂を聞いてからの憶測ではないか。

子供たちに不満を並べ立てても仕方がない。八十になるまで長いこと生きていると、病気があってもおかしくない。認知症ではないと言い切れないのかも知れない。年寄りは自分の考えが何時も正しいと言い張ってはいけない。生前、妻から注意されたことだ。正しいかどうかではなく、若い人たちの言い分を聞いて、内容も嚙みしめるよう口酸っぱく妻に諭された。

私は子供たちにソウルに戻るよう言った。まず保健所か病院に行って健康状態を調べた上で連絡する、と伝えた。

正直言うと、温めるつもりのご飯をうっかり焦がしてしまったことがある。自分では日常生活が至って正常だと思いながらも、物忘れが多くなったのも事実だ。記憶力、思考力、推理力が衰え、一日中、口を閉ざしているせいか、言語能力も以前に比べ衰えを感じる。時には落ち込んだり、イライラしたりする。それは趣味や日々の生き甲斐がないからだと思っていた。

しかし、そうではなかった。子供たちが帰った後、埃を被った百科事典を取り出し、認知症の項目を調べてみた。今、私が経験している症状は認知症の初期症状に似たところが多い。私は認知症の初期症状だと受け入れたくはなかったが、百科事典ではそのように指摘をしている。

世の中に認知症の初期症状の人がどれだけ多いことか。物忘れ、言葉が少し詰まっただけで、すべて認知症の懸念があるというのだろうか。現在、認知症の症状がある人は、全国に五十万人以上いるという。今日では認知症は珍しい病気ではない。しかも六十五歳以上が大部分を占めるというではないか。その年齢をはるかに超えた私だけ例外だと言い張ることもできないし、私だけが避けて通れるものでもない。生前の妻の言葉が思い出される。他人の言葉を頭から否定するのでなく、そんなこともあり得ると、一旦受け入れてみるのが正しいようだ。

子供たちが帰った後、あれこれ考えて眠れずにいた。明日、直ぐに認知症検査を受けることにしたものの、内心は穏やかでなかった。認知症だと言われたらどうしよう。

もし認知症だと診断されたなら、療養施設か病院に移る方がいいのだろうか。家を手放せば、子供の言う通り費用の問題は解決できそうだ。しかし、保険に入ってないので死ぬまでお世話になるには限界がある。それに、誰が私の世話をしてくれるのか。金銭面の心配より、再び一人になることに当惑した。リハビリ技術が進歩しているとは言え、それは根本的な治療ではなく、現状維持に他ならない。徐々に状態が悪くなったらどうなるのか。薬や治療が受けられるよう保健所から当分の間、三万ウォンの支援があると言うが、それは完治や回復のためではない。

夜は更けていくのに頭が冴えてきた。気持ちを落ち着かせようとしたが、寝返りばかりして眠気がこない。このまま朝を迎えそうだ。ますます頭が冴えてきた。

普段なら朝食を手軽に済ませて新聞に目を通した後、しばらく居眠りをするのだが、今日は保健所に行かなければならない。久しぶりに剃刀を顎に当てた。硬くて剃りにくい髭だが、老いた寡のくたびれた姿は見せられない。

季節の変わり目のせいか、保健所の待合のあちこちから咳が聞こえた。早朝から人が多いことに驚いた。しばらく待っていると個室に呼ばれた。白いガウンの女性が目の前に座って、一枚の紙を出しながら色々と質問してきた。

まず今日の年月日と曜日、季節などを聞かれた。口を挟まず言う通りに従った。今、私のいる場所がどこで、何をする所なのか、さらに簡単な引き算と目の前の品物の名前を聞かれたので、それに答えた。

質問に答えるうち、私は認知症ではないと自信が沸いてきた。今度はさっき覚えた物の名前を順番通り述べるように言われた。自動車、リンゴ、アパートだったかな。いや、自動車、アパート、リンゴだったか。ついさっき覚えたばかりの物の順番をあっという間に忘れてしまった。正確に順番通り思い出せない。

白いガウンの女性は全く気にする様子もなく、次の質問に移った。彼女は自分の時計を外してこれは何か、ボールペンを差し出してこれは何か、と尋ねてきた。さらにボールペンで五角形を二つ重ねて描くように指示した。かなり幼稚な質問もあったが、言われる通りに答えた。紙を折ってそこに文字を書くように言われ、指示に従った。それらを見た女性は「おじいさん、認知症の心配はありません」と言って検査を終えた。あっけなかった。

女性の言葉の通り、社会活動を行う上で認知能力に問題がないとするなら、今まで私を取り巻いていた風評は何だったのか。

さらに、本や新聞を熱心に読んだり、老人が集まる場所に出かけて友達をつくったり、一緒に花札をしたり、楽しく過ごすことを勧められた。これまで行ったことのない場所に出掛けてみたり、好きでもない花札に挑戦したり。家の中に籠らず外に出て運動をし、草花を育てるなど趣味生活も予防効果があるそうだ。勧められた通り実行すれば百歳まで大丈夫、とのことだった。保健所の門を出て帰り道、白いガウンの女性の下手な冗談に苦笑したが、悪い気はしなかった。

家に戻ると急に緊張が解けた。早く横になりたかった。腹が空いてきたが、家には適当なものが何もない。着替えもせずそのまま外に出た。何を食べようか、しばらく悩んだ末、何時ものどじょう鍋の店に入った。お昼には未だ早いせいか、店の中は静かだった。無愛想な店員が熱い鍋をテーブルの上にドンと置いていった。

食欲が戻ったせいか、いつも代わり映えしないどじょう鍋を完食してしまった。おつりが出ないようきっちり支払った後、マンションに向かう道をゆっくり歩き、家に帰ってきた。玄関はいつものようにガランとしている。昨晩は十分眠れなかったので、まず睡眠をとることにした。

目を覚ますと、南側の窓の埃を透かして日差しが長く伸びていた。認知症を心配する必要がないと思うと頭がすっきりしてきた。健康に気をつければ百歳まで生きられる。なんとも耳障りのよい言葉ではないか。

もし、認知症と診断されていたら、どうすればよかったのか。いつかはそんな診断が下される日が来るかもしれない。あれこれ不安を掻き立てる思いが押し寄せてきた。

今回の子供たちの訪問が気にかかった。療養施設を持ち出したのは、必ずしも私を心配してのことではなさそうだった。親子の情云々以前に、面倒なことを事前に予防しようと夜行列車に乗って駆け付けたのかも知れない。釈然としないところではあるが、子供たちの提案は考慮に値するものだった。認知症にならずに済む保証があるだろうか。親の病気によって強いられる精神的、肉体的、時間的な制約や経済的負担を気にしない子供がいるだろうか。

なるべく頭がしっかりしている内に療養施設に移ろう。そう心を決めた瞬間、気持ちが軽くなり、温かい湯舟に浸かったように全身の緊張がほぐれてきた。残り僅かな時間にしがみつき、悔しがったりしたところで何になろう。ありのままを受け入れ、歩んでいくのが人生行路なのだから。

そんなことを考えている時、突然、数十年前に聞いた戦場での機関銃の劈《つんざ》く音が耳元を横切った気がした。そして再び辺りは静かになった。それが引き金になったのだろう、ゆっくり立ち上がり暗くなった窓の外を見ると、過ぎし日々が走馬灯のように巡ってきた。

植民地時代の末期、小学生の私は学校の裏山で松の実を拾っていた時に終戦を迎えた。旧制中学四年生の頃、少年国防軍に入り、学校の運動場で日本製の木製銃を持って訓練を受けた。死線を何度もさ迷った戦争、貧困、復興。その後、国民の向学心を支える教師が不足していた時代、私のような者でも簡単な検定試験を受けて国民学校の教師になれた。やがて生活が安定し、息子や娘が生まれ、成長を見届けた。しかし、それらすべてが一瞬の出来事だった。

私の冬の旅の最後に行き着く場所はどこなのか。乾いた平原に立ち並ぶゲルのように、もう少し寒さに堪えて生き延びなければならない。やがて草の生い茂る五月になれば、草原を離れて旅立つことができるだろう。そして老いた遊牧民のように草原のどこかで風葬の夢を見ることだろう。

不在者の証言

マンションの一階にある三〇六号室の郵便受の蓋が半分程開いている。デパートのセールの広告や昨日配られた塾のチラシもそのままだ。雑多に郵便物が詰め込まれ、郵便受は溢れそうになっている。

三〇六号室は元々郵便物が少ない家である。にも拘らず、郵便受がいっぱいになっている。主が郵便物を取っていないからだ。巡回をしていた金氏は、一旦見過ごしたが、ふとおかしいと思うようになった。いつかのニュースで、このようなケースの家には、何らか事故の可能性が高いとの言葉が頭をよぎった。

そういえば、息子の介護をしている母親もここしばらく姿を見せていない。息子は常に寝たきりの状態なので、警備室から見ることはできないが、彼の母親はなぜ姿を見せないのだろうか。金氏はしばらく考えたが、思い切って郵便物を取り出した。そしてエレベーターを使わず三階に駆け上がった。三〇六号室の玄関ドアを叩いた。何の反応もない。

少し悩んだ末、ドアの前に郵便物を置いたままにして戻った。警備室に戻って、母親をいつ見かけたのか、記憶を辿ってみた。思い出せない。息子に代わって薬をもらいに病院に行ったり、近所の店などに一人で通っていた。

金氏は、警備室からインターホンで連絡をしてみた。やはり応答がない。

不吉にも、昔体験した戦闘部隊での記憶と、数日前に見たニュースの記憶が脳裏に浮かんだ。戦場に向かった兵士のロッカーに郵便物が溜まることは、その兵士の戦死や事故死の可能性を意味していた。しかし、この家はなぜ郵便物が溜まるのか。最近、孤独死が多いと聞いたが、急に良からぬ考えで不安になった。二つの記憶から連想される状況と今の状況が似ているようで嫌な予感がした。


金氏は、一九六六年八月三〇日、ベトナム戦争に派兵された。米軍輸送船LSTに乗って釜山港の中央埠頭を出発し、最初に到着した所がベトナムのニャチャンだった。そこで白馬部隊の砲兵と合流し、護送病院のあるニンホアに配属されたのは、わずか数日後だった。リゾート地だと思っていたニンホアだが、到着するや否や戦闘現場に投入された。

全く戦線の状況が分からない戦場。昼夜を問わず響く轟音。焼夷弾によって夜が昼間より明るい戦場から、次々と負傷兵が担架に乗せられ護送病院に運ばれてきた。次の日は他の兵士たちがトラックに載せられて兵舎を去った。文書連絡兵だった金氏は、故国から来た郵便を兵士の宿舎に届ける任務も担っていた。数日間、慰問品や郵便物が荷物預り箱にそのままの状態だと、受取人が事故に遭った可能性が高く、荷物預り箱に貼られた兵士の名前が変わった時は、受取人は戦死か他の部隊に転属させられたことを意味した。

そうした経験から、金氏には三〇六号室から数日間、人の気配がないことから、若干の異常さを感じた。しかしこの家は他の家とは違う。新聞で言う孤独死とは無縁と思われる家である。脳出血の手術を受けた息子と介護をする母親との二人だけの暮らしなので、普段から静かな家だった。新聞は取らず、テレビの音が大きく外に漏れることもなかった。母親が息子を介助しながら、また時には母親一人で病院に出かけていた。そんな時は決まってタクシーを利用し、家はいつも物静かだった。近所の人と付き合うこともなく、財政的にさほど困窮しているようにも見えなかった。

その母親をここしばらく見かけていない。郵便物が溜まっているのに、なぜ取りに来ないのだろうか。一人暮らしではないので、孤独死を疑うこともできない。息子を連れて病院に入院しているのかも知れない。金氏は不吉な考えを追いやろうとした。

非番の翌日、金氏は出勤するや否や、真っすぐ三〇六号室に向かい、玄関ドアの前を調べた。郵便物はそのままになっていた。どうしても腑に落ちない。しかもその家は一日中静かだった。金氏は、また余計な想像をしているかも知れないと、努めて打ち消そうとした。

「私の非番の時に家を空けたのだろう。息子が再入院することになったとか。だとすれば、勤務を交代する時、前日の担当者がその旨を引き継いでくれたはずだ」

気になった金氏は、昼食後、もう一度、三〇六号室に行って玄関のドアをノックしてみた。反応がない。入院をしたに違いない。こうして、また一日が過ぎた。翌日の早朝、警備の交代をしながら、引き継ぎの人に三〇六号室に変わった点がなかったかを尋ねた。

「その家に何かありましたか。元々静かな家でしょう。私の勤務の時は何もなかったけど……」

怪訝そうな表情だ。金氏はこのことについて、二人で言い合ったところで埒《らち》が明かないと思った。

「いや、何でもありません。出入りする人が全くないから少し気になって。それじゃあ、これで失礼」

つぶやくような挨拶を残して、金氏は昼用と夜用に持ってきた空の弁当箱二つを袋に入れた。そしてホッとした気分で警備室を出た。疲労の溜まる夜間勤務が終わり、夜が明けるといつも気分が爽快になる。弾む気持ちで急ぐ用事でもあるかのように、足早にバス停に向かって歩いた。

もう夏が終わろうとしていた。山の渓谷に辿り着いた時のような、爽やかな空気が顔をかすめた。生温かった朝の空気がいつの間にか涼しくなり、そして冷たくなってきた。最近は季節の変わり目がはっきりと分からなくなっている。

三〇六号室は、転入して間もない家だ。賃貸ではなく、持ち家である。世帯主の女性の正確な年齢は入居者名簿を見れば確認できるが、まだ六十歳には届いていないように見えた。この頃は顔で年齢を推測するのは容易でない。いずれにせよ、年齢に比べて若く見える、物静かな人だった。暮らしぶりを知ることはできないが、生活に困っているようには見えなかった。

三十歳程度の息子との二人家族が引っ越してきた。息子は上背も体重もかなりありそうな立派な体格で、健康そうに見えた。父親はいないのか、母子二人だけだった。金氏は頭を振って、余計な考えを追い払おうとした。しかし、あの年齢の母と子にしては、引っ越し荷物が簡素だったことを思い出した。

最近の平均的な家庭の引っ越し荷物を見ると、コンテナサイズのトラック一台分は優にある。ところが、この家の荷物は新居を構えたばかりのように小さなトラックでやって来た。荷物の量から察するに、女性は夫がいない。息子も未婚のようだった。アパートの警備員を数年務めると、そんじょそこらの占い師顔負けの勘が働く。

引っ越しが終わると、女性は近所の住人に挨拶をして回った。三十六階建てマンションの一階から十階までの一軒一軒と警備室に手土産の餅を配って挨拶をした。警備室には少し多めの餅を持ってきた。

「日中は家を留守にすることがあります。これからよろしくお願いします」

低い声の落ち着いた物の言い方だった。金氏は警備員になって数年、社会的に地位のある人や性格的に問題がありそうな人、様々な人間を見てきた。新しく入居した女性の言葉遣いや表情から、人に迷惑をかけたり、手こずらせたり、嫌がらせをするような人ではないことを直感した。これなら安心できる。まずまずの入居者だ。

なぜ警備室を留守にしたのか、不親切だとか、警備室で預かった荷物をすぐ持ってきてくれないとか、マンション住民からのクレームは様々だ。金氏はこうしたクレームにも慣れていた。転入して来た時の印象で、扱い難いだろうと思えた人は、決まってその通りになった。その点、三〇六号室の入居者は違っていた。


ベトナム戦でも意地の悪い上官にでくわし、大変な目にあった。顔色が浅黒く、蛇の目のような目つきの人間だと間違いなく一癖も二癖もある。そんな上官から軍靴で脛を蹴られては堪らない。将校もそんな人間をまともに取り扱おうとはしない。軍隊では空気を読むことと忍耐が何より大切だった。同じように、若い入居者とつまらない争いをしても何の得にもならない。まさに、末端の兵士が顔色を窺い、空気を読むのと同じような機転が必要だ。金氏は歴戦の勇士らしく、その程度の訓練は十分できていると自負していた。

ゴミ捨ての日になると、捨てる人の性格やその人の暮らしぶりを窺い知ることができる。さらにその家族の好みまでも分かる。性格の悪い人はゴミの出し方にも癖が表れる。かと言って、そんな人と言い争う必要もない。今は歳を取り、まともな仕事に就くこともできず、マンションの警備員をしているとはいえ、歴戦の勇士が嫌われ者になるわけにはいかない。

新しい住人となったあの家族にそんな心配はなさそうだった。たまに息子は夜遅く帰ってきた。そんな日は決まって一杯飲んでほろ酔い気味だった。酔っ払った若者の表情から、不満や鬱々としたものは全く感じられなかった。警備室の前を通る時は手を振ってくれた。

その青年が転入後間もない頃、家の中で倒れた。金氏は詳細を知らない。酔って夜遅く帰ってきた彼はソファに仰向けになって寝ていた。そのソファから転げ落ちる際、頭を何かに強く打ったのだ。母親は就寝中にその音を聞いたが、大して気に留めなかったようだ。うめき声を聞いて居間に行ってみると、息子は動けない状態になっていた。どれほどの時間が経ったのだろうか、ほぼ意識がなかった。

急いで救急車を呼んで病院に運んだ。医師の説明では、今のところ生命に別条はないが、脳震盪による出血がかなりひどいとのことだった。当然、手術をしなければならないが、予後はしばらく様子を見ないと分からないと言葉を濁した。救急室では血栓ができないよう、抗凝固剤の注射を打つなどの緊急措置が取られた。夜が明けるとすぐ手術が行われた。手術は八時間もかかったそうだ。

「手術はうまくいきました。もう少し遅れたら大変なことになるところでした。少し様子を見る必要がありますが、予後の心配はさほどしなくて良さそうです」

手術室から出てきた執刀医は簡単な説明の後、次の患者の手術があるので、と言い残して足早に立ち去った。母親は「予後」の意味を知りたかったが、医師に聞くことができなかった。おそらく、今後大きな心配は要らないという意味なのだろうと推測した。

そんな出来事があって、長い間、三〇六号室は空き家の状態だった。金氏は、この三〇六号室で起きたことをつぶさに見て熟知していた。そのため、退院後、自宅で療養中の息子が急に健康が悪化し、病院に再入院することもあり得ると思った。その一方、ニュースで見た孤独死の問題を想い出し、良からぬ考えがしきりに浮かんで仕方がなかった。

死ぬ運命の人はほんの些細なことでも死ぬ。しかし、生きるべき運命の人は頭部にひどい損傷を受けても、手足が切断されたとしても、生き延びる。ベトナム戦争の時、敵陣から飛んできた迫撃砲に被弾し、腹部が破裂した兵士が戦死者として置かれた遺体安置室で生き返ったのを見た。そんな経験を持つ金氏は、大抵の事故に遭遇しても冷静に落ち着いていられた。

三〇六号室の青年は、元々健康体で性格もよさそうだった。幸い病院での手術も無事終え、今は自宅で療養中だが、そうして命を取り留めた人は、どんなことがあっても生き残れるはずだ。別段、心配することもなかろう。今は言葉や身動きが不自由だが、状態は日々回復に向かっていると言っていた。ここ数日の間、母子を見かけないのは、病院で検査を受けたり、或いは暫くどこかで休養を取っているせいかも知れないと思った。

とはいえ、家を長く空けることがあれば、事前に警備室に一言かけてくれるはずだ。黙ってどこかへ行くとは信じ難い。また、金氏は玄関ドアの前に郵便物を置いてきたのを思い出して心配になった。その家に人がいないということを、他人に知らせるようなものだからだ。泥棒はそんな家を狙うだろう。玄関の前に積まれた郵便物は、ともすれば泥棒に、中に人はいないという情報を提供するようなもので、気になって仕方がなかった。

その日も昼を過ぎ、三〇六号室の住民が不在であると疑い始めてから、もう四日目だった。実際、家に人がいなくなってから何日が立つのだろうか。警備室に配達された新聞を手にして座ったものの、記事の内容がなかなか頭に入ってこない。

その時だった。「おじさん、三〇六号室の人たち、どこに行ったか知りませんか」

見覚えのある女性だった。三〇六号室の女性より少し若く、よく似ているので、すぐ妹だと分かった。確か数回見かけたことがある。

「よく分かりません。私たちも気になっているところです」

「おかしいですね。何度も電話をしたのに取らないし……」

「携帯電話もですか」

「はい、携帯も取らないいし、数日前からずっと家に電話しても通じないので、気になって見に来ました。どこか遠くへ行くにしても、必ず連絡をよこすはずなんですが……」

訪問者の顔色が暗くなった。大抵のことでは動じない金氏も、急な緊張で胸が締め付けられるようだった。どうしたものか、まず考えを整理しようとした。

「おじさん、申し訳ありませんが、家に一度入ってみることはできないでしょうか。一緒に」

金氏は「そうしましょう」と答えた。そうでなくとも、入ってみたいと思っていたところだった。すぐ非常用鍵を取り、訪問者と一緒にエレベーターに乗った。三階でエレベーターのドアが開くと、三〇六号室の玄関前に置かれた郵便物が目に入った。散らばった郵便物が家の中に誰もいないことを示しているようだった。

金氏は郵便物を拾い上げた。そして玄関のドアをノックした。やはり反応がなかった。何度も続けたが、同じだった。今回は、訪ねてきた女性がドアの取手をガチャガチャ回し、ドアを叩いた。叩きながら叫んだ。

「お姉さん、私よ！　中に誰もいないの」

女性も嫌な予感がしたようだった。繰り返しドアを叩いたり、中に向かって声をかけたが、反応は無かった。金氏はドアを開けようと鍵を手にした。その瞬間、この鍵では、ドアを開けることができないことに気づいた。最近、玄関ドアを電子ロックに換えたことを忘れていたのだ。

「しばらくお待ちください。電子キーを持ってきますから」

金氏は、郵便物を片手に持ったまま階段を駆け下り、警備室に飛び込んだ。非常時に備えて警備室で保管している非常用電子開錠キーを手に、ドアの前に戻った。ジーイという音とともにドアのロックが解除された。

「姉さん、いないの」

訪問者が恐る恐る玄関に入り、中に向かって声をかけた。返答はなかった。女性は玄関に立ったまま中の様子を窺ってから、靴を脱いで居間に入っていった。金氏は、女性がすぐ引き返すものと思い、そのまま玄関で待つことにした。

「まあ！　姉さん、お姉さん！」

居間に入った女性が悲鳴を上げた。リビングのソファの前の床に、姉は仰向けになって横たわっていた。そして、息子もベッドの上に横になったままだった。靴を脱いで居間に行った金氏もこの光景に驚き、一瞬、凍り付いた。歴戦の勇士を自負して来た金氏も、こんな時どうすればよいのか、咄嗟に何も思い浮かばなかった。

「ちょっと待ってください。触らないで、揺さぶってはいけませんよ」

「まず、警察に通報して、姉さんの体に触れたりせず、一一九を呼びましょう」と慌てて声をかけた。

女性は落ち着きを失っておろおろするばかりだった。金氏が落ち着いて待つように言うと、女性は足の力が抜けたように座り込んでしまった。そして両手を床につき、魂が抜けたかのようにぼんやり姉の体を眺めていた。金氏は119に電話をした。電話を受けた担当者は、死亡なのか否かを尋ね、まず警察に知らせるよう指示した。その間、救急車を現場に急行させるとのことだった。

電話をして間もなく交番の警官二人が駆けつけてきた。続いて警察署の方からも二人の警察官が到着した。彼らはまず現場の写真を撮った。そして金氏に、死者のこれまでの状況をテキパキ尋ねた。女性に対して死者との関係を聞き、訪ねてきた理由、死者の身元などについて手短に尋ねた。

その時、「ピーポー、ピーポー」と、けたたましい音とともに救急車が到着した。警察官は、死亡原因が他殺か否かにだけに焦点を当てていた。駆けつけた救急隊員は、最終的に医師が診断することではあるが、個人の意見として、状況から鑑み二人共他殺ではなさそうだと言った。

遺体は以前、息子が手術を受けた最寄りの総合病院の霊安室に移された。

医師は母親の死亡原因が心臓発作であると診断した。原因はまだ分からないとも言った。驚くべきことに息子の死因は餓死であった。つまり飢えて死んだのである。母親は十日程前に死亡し、息子の方はいくつかの状態から照らし合わせて、死後一週間は経っていないものと推定された。

金氏が郵便物を持って玄関のドアを叩いていた時、もしかしたら、息子はまだ生きていたのかも知れない。叔母が電話をした時も生きていた可能性がある。話すことも、動くこともできない息子は、電話の音やノックにも反応できず、この状況に至ったのだろうか。

警察は、変死者の身柄処理指針に基づいて、死因究明のための遺体の解剖はしないと言った。つまり、単純な変死として処理されたのである。青年は母親の死後、誰からも助けを得られず飢死したため、無縁死になった。最初に現場を発見した者として、金氏は数回にわたって警察の調査を受けなければならなかった。時には妹の女性と一緒に調査を受けることもあった。

金氏は度重なる調査の過程で、三〇六号室の女性について、妹の口から多くのことを知ることができた。家族が息子と二人だけの理由も分かった。

姉妹の父親が満十九歳となった年の六月二五日、朝鮮戦争が勃発した。戦争になると青年はもちろん、少年までも軍に入隊し、戦場に向かった。父親は実家から遠くない港町、鎮海《ジンヘ》*にある海軍に志願した。入隊後、軍艦に配属され乗組員となったが、操舵兵、甲板兵、砲兵のような、直接戦闘に関わる水兵ではなく、機関室で働く水兵となった。

父親が乗った船は、軍艦とは名ばかり、日帝時代**の漁船を改造したものだった。日本のトロール漁船で馬力もあり、スピードもあった。まともな軍艦を持たないまま、創設間もない韓国海軍としては、そんな漁船を軍艦に転用せざるを得なかったのである。しかし、そのような船は三日にあげず故障した。終戦後、船主が日本に引き揚げる際、持って帰ることを諦めて捨てるほどのおんぼろ船だったのだ。

父親はそのお陰で船舶の機関修理の熟練工になった。故障した船舶機関すべてが絶好の実習台になったからである。戦場に駆り出されるより、海軍造船廠で機関の修理に明け暮れる日がはるかに多かった。戦争はやがて休戦となった。

しかし、父親はすぐ除隊できなかった。法的な軍服務の年数は定まっていたが、当時は誰も満了時に除隊できた者はいなかった。休戦後、数年がさらに経過し、二十四歳になってやっと除隊できた。除隊後、家に戻って間もなく、両親の強い勧めで結婚することになった。当時の

*慶尚南道昌原市にある韓国最大の軍港の町。
**日本が植民地統治をした三十六年間（一九一〇〜四五年）を言う。

親たちは息子が戦争から帰って来ると、有無を言わさず真っ先に婚姻をさせた。戦争中に多くの死を目にしてきた親たちは、まず子孫を残さなければ安心できないと思ったようだ。荒れ果てた故郷に戻ってきた父親は、言われるまま家庭を持ったものの、生計を立てる何の手立てもなかった。

暮らしの見通しも立たない状況の中、翌年、娘が生まれた。その娘が数日前、息子と共に悲運の死を遂げた姉である。一児の父となった彼は、折角、旧制中学校まで終えたのに、この田舎で一生農作業をして暮らすことに満足できなかった。軍で身につけた船舶の機関修理技術が、きっとどこかで有効に使えるだろうと思った。

父は当てもないまま、一人で釜山にやって来た。当時、釜山の影島《ヨンド》一帯の海辺の町には船の修理工場が多かった。そこで仕事を探そうと思ったのだ。数日間探し回って、ようやく一人生活が可能な程度の船の修理工としての働き口を見つけた。しかし、その収入だけではとても家族を養うことができず、家族は田舎に残したまま、たまに家族の元に通うだけで精一杯だった。

仕事の傍ら、より良い働き口も熱心に探した。

戦争に駆り出された古い漁船が、一隻、二隻、韓国最大の漁港である釜山に戻ってきた。その船を修理する仕事が益々増えて、父親の仕事も忙しくなってきた。忙しいだけでなく、彼の腕の良さも評判になった。

母が父を追って釜山に来た時、家族は母のほか娘二人、息子一人になっていた。父は職場に近い影島の大橋洞に小さな家を構えた。生活が安定し、家族は団欒を享受できたが、家族を支えるため父親は昼夜を問わず働いた。

カモメが飛び始める早朝から作業場で働き、カモメが羽をたたむ頃、やっと油まみれの服を脱いだ。そんな父親を、人々は「カモメおじさん」と呼んだ。家族が一緒に休むことなど、父親はもちろん、家族の誰もが期待していなかった。父親はひたすら仕事一筋だった。暮らし振りが良くなると、一家は少し広い家に移った。学校の成績の良い姉と弟は、次々に良い学校に入学した。

姉が中学生になった時、父親は職場を変えた。国の経済事情が良くなると、新しい仕事や以前にはなかった職種も増えた。特に遠洋漁業が目覚ましい成長を遂げると、漁船の数が急増し、船舶を建造して管理する人の手も必要になってきた。これまでの修理工場でも父は監督者として安定した生活が可能だった。けれども、条件が良く、より大きな会社で、役職が保証された場所へ移ることにした。

父の会社が南太平洋に送ったマグロ延縄《はえなわ》漁船は、いつも大漁で帰ってきた。六〇年代半ばからは漁船の数を増やし、サモアの基地も拡大した。北太平洋に出漁したトロール漁船は、デッキに溢れんばかりのスケトウダラや鱈を積んで、一カ月足らずで帰港した。これらの船舶の管理を任された父は車で通勤をする、いわゆる「成功者」になった。

戦争とは殺戮と破壊を表す言葉である。しかし、その戦争は、逆説的に繁栄をもたらすものでもあった。朝鮮戦争で焦土と化した国土、その廃墟から立ち上がろうと、国民は歯を食いしばって無我夢中で働いた。もし砲弾を受けて船が沈没していたら、どうなっていただろうか。だからこそ、生き残った者の意志は鋼《はがね》のように強かった。父が歯を食いしばって頑張ったのも、そのためだったかも知れない。食べていくために、誰もが夜も眠らず働かなければならない時代だった。

姉の学校での成績は大変優秀だった。弟も同じだった。父の成功は家の暮らしぶりを向上させた。経済的に余裕ができると、父は、ソウルであれアメリカであれ、成績が良ければ、どこまでも支援してやると子供たちを勇気づけた。

酒に酔って帰った日の父は、いつも軍隊での体験を子供たちに話して聞かせた。終わりの見えない長い話に飽き飽きして聞き流しながらも、どんなに大変な体験だったか想像はできた。話は、常に同じところに行き着いた。戦争のない時代に育った幸せを感じて、勉強に励めということだった。それが戦争を経験した世代の悲願だったようだ。

姉は大学院まで終えた。多分、もっと勉強を続けることもできた。しかし、七〇年代に入り二度のオイル・ショックを経て、遠洋漁業も往年のようにはいかなくなった。急速に増えた漁船の数に比べ、資源は徐々に減少した。漁船も老朽化が進んだ。業界の環境が昔の活況を失っていくと、父は休みたいと言って会社をやめた。家計が急に厳しくなったわけではなかったが、姉も一生勉強を続けたいという思いを断念した。

父は、目まぐるしい都会での歯車のような生き方に疲れたようだった。これまでの蓄えを持って、故郷で余生を静かに過ごしたいと言った。若い時は命をかけた戦争を経験し、その後は会社のために渾身の努力を続けた。苦労を重ねた末、自ら勝ち得たささやかな成功を、今度は自分のために自由に使いたいと言った。子供たちも十分大きくなった今、妨げるものは何もなかった。

娘二人が結婚をし、弟が外国に留学した後、父は本当に故郷に居を移した。最初は周囲の人たちも今更適応できないだろうと故郷に戻ることを引き止めた。しかし、父はすべてを振り払い、あっさり母と共に帰郷したのである。

いわゆるベビーブーム世代の裕福な家で育った姉の夫は、将来有望な青年だった。世間知らずという欠点はあるものの、優しい性格の気分屋だった。

几帳面で落ち着いた性格の姉とは異なる点が多かった。しかし、夫婦の仲は良かった。性格が異なるところに秘訣があったのか、それとも全面的に姉の努力によるものだったのか、私たちとしては知る由もなかった。

子供が生まれた。男の子だった。両家にとって初孫は大変な喜びだった。姉の出産は夫の実家でもできたが、これは娘の実家の義務だと言って、母が姉に付ききりで世話をし、産院の費用をはじめ出産のすべてを母が賄った。娘にとって母はかけがえのない存在だった。そんな母を通して、姉妹は互いを思いやり、人を愛することを学んだ。こうして同じ釜山に住む姉と妹の絆はより深まった。

義兄に似た新生児は健康だった。生まれた時の体重は四キロに近かった。姉は性格通り、子育てにも情熱を傾けた。義兄も早く退勤して、できるだけ子供との時間を過ごすようにしていた。誰が見ても幸せそうな家庭だった。

姉は息子にすべてを捧げ、そんな姉から妹は母性愛を目の当たりにした。女は弱いが母は強い、と言われる通りだ。姉の二番目の子供は死産だった。姉にとってそれは耐えがたい衝撃だった。

義兄は事業が繁盛すると、徐々に物質主義に傾倒する顔を見せ始めた。甥に対しても、すべてにおいてお金で解決しようとした。子供の能力を伸ばすために、自ら勉強をするよう仕向けるのではなく、高額な課外授業に依存しようとした。姉は子供が大きくなるにつれ、義兄の子育ての考え方に次第に疑問を抱くようになった。

義兄は仕事も頻繁に変えた。韓国の輸出が急速に増加し、輸出入貨物の量が増えると、保税倉庫業に手を出した。手がけたいくつかの事業は上手くいくように見えたが、すぐに止めてしまい、当時人気のあった衣類の輸出業に参入した。

新たに始めた事業は成功した。しかし、年々国内の人件費が上昇し、しかも主な顧客である米国のバイヤーが輸入先を中国に変えた。ここで躓《つまず》いた義兄は活路を開こうと、今度は人件費が安いメキシコに衣類工場を設立する冒険を強行した。その事業は一見成功したかに見えた。しかし、原材料の輸入と輸出にトラブルが生じた。はっきりした理由は分からないが、関税法違反でアメリカに莫大な罰金を払わなくてはならなくなった。会社は再び苦境に立ち、ついに倒産した。

その時から、義兄は帰国すると酒場に入り浸るようになった。さらに二日にあげず外泊した。忍耐強い姉も次第に義兄との葛藤に悩み、義兄も姉の助言を疎《うと》ましがっていた。こうして仲の良い夫婦の間の隙間は益々広がった。

ひびの入った鏡は長くはもたないと誰が言ったのか、ついに破局が来た。母が駆けつけて思い留まるよう説得した。しかし、普段穏やかな性格の姉だったが、義兄のこれまでの身の振り方にとうとう我慢ができなくなったのだ。義兄は、破局の原因提供者となって、姉は難なく離婚訴訟に勝訴した。

姉は甥を連れ、身一つで家を出てマンションに移った。ようやく心の自由を得たのだろう、穏やかな日々が続いた。素直な性格の甥も状況を悲観せず、受け入れていたようだった。やがて甥は就活を始め、友人にも頻繁に会うようになった。友人に会うと自然と飲む機会も多くなり、姉は息子の飲み会が多いことを戒め、心配した。

結局、酒が禍根になった。甥は酔ってソファから落ちた際、脳に損傷を受けた。義兄の酒癖で辛い離婚を経験した姉だった。今度は息子の酒による不祥事がもたらした心の傷は、津波となって心の防波堤まで崩れてしまったようだった。

昏睡状態の息子は脳の手術を受けて言葉を喪い、挙動もままならない。そんな息子の姿にどんなに心を痛めただろうか。しかし、一切のことを顔に出さず息子の看病に専念していた。

それが徐々に心を蝕んだのだろうか。姉を死に追いやった心臓発作は発病の原因が不明だった。もちろん、医学的には不明なのかも知れないが、その因果関係には思い当たるところがある。姉が傍で世話をしない限り、寝たきりの甥は一人で食べる術もなく、どうして生き伸びることができよう。

金氏は、三〇六号室の郵便物が溜まった理由を初めて知ることができた。

受取人のない郵便物は、事故の可能性を知らせるシグナルだった。そのシグナルは、存在と不在の違いを意味し、不在は時に死を意味することもある。

砲弾を腹部に受けて生き残るのは難しい。それでも生きるべき定めの人は生き残る。死体として分類され、遺体安置室の冷蔵倉庫に保管された兵士の体。火葬を行うため再び入った遺体安置室で、軍医、看護将校、冷蔵倉庫管理兵士が呻き声を聞いて驚いた。急遽、遺体安置室の中から兵士を見つけ出し、外科病棟に運び、腹腔手術を施して命を救った例がある。

命は不思議なもので、息絶えた母親が傍にいても、それは不在者と同じであった。だから息子は孤独死を免れることができなかった。どうしても救えない命だった。

金氏は一九六八年二月にベトナムから帰還し、除隊した。その後、個人事業を何度か試みたものの、ことごとく失敗した。そのままブラブラ過ごすこともできず、仕事を探してみたが、どれも上手くいかなかった。国から支給される国家有功者給与金がなければ、生活もままならない状況だった。還暦を過ぎてから、日々の虚しさを慰めてくれる仕事を切実に求めていた。

数年前にようやく得たマンション警備員の仕事が、心の空洞に生気を吹き込んでくれた。

マンションの警備員。それは日々、世相の縮図を見る仕事だ。警備員などと見下し、抑圧的な態度の入居者が意外に多い。そんな人の中には自分の娘より若い人もいた。時にはカッとなってすぐ辞めるつもりで家に帰る。しかし、戦場でも生き残った者がこれしきのことで負けてたまるか、と思い留まる。

　こうして数年を経た金氏は、また新たなことを学んだ。回収されない郵便物の無言の証言に耳を傾け、不在者の存在を改めて思うようになった。

草墳

この島には二日間だけ滞在することにした。

住民わずか二百人ほどの小さな島。二日あれば六十四世帯すべて調べられそうだった。出発前、この島の情報をインターネットで検索したが、やはり二日あれば十分と思えた。現地調査の経験のある学生が加わっているので心配はなかった。

明るい内に島に到着したかったので、私たちは早朝、釜山を出発した。渡船場の最寄りのバス停に着いた時は十二時に近かった。まず、水産協同組合から訪ねた。前もって組合長には調査に協力してほしい旨を記した公文書を送り、さらに出発前日に電話までしておいた。

「お待ちしてました。学生さんが六人ですね。夏休みなので時期は悪くないけど、泊まる場所が少し心配です」

組合長は急用で外出中のため、日焼けした褐色肌の専務が代わりに私たちを迎えてくれた。白髪交じりの海の香りがする朗らかな印象の人だった。彼は私たちを組合事務室に案内し、客用の椅子を指して座るよう勧めた。そして受話器を取った。

「村長、水産協同組合の専務ですが、釜山から大学の先生が学生さん六人と一緒に、今、着きました。この前私がお願いしたように、宿泊施設がなかったら、学校の教室でもいいですよ。宜しく頼みます。村の若い衆が居なくてもかまいません。昔のことはお年寄りの方がよく知ってるでしょうから」

彼は私たちの島での目的について十分理解していた。島の村長に、私たちが計画している民俗文化調査についても淀みなく説明してくれた。学生たちを見渡しながら笑顔で「いつ島に渡りますか。せっかく訪ねてくれた客人なので、昼飯でも一緒にどうですか」と、気遣うように私に尋ねた。

「食べものなら沢山持ってきました。ラーメンもあるし、気を遣わないでください」

横で聞いていた学生代表がすぐに答えた。

彼の言葉を聞いた専務は女性事務員に、「キムさん、船長に連絡してくれないか。二時に楮島《タクソム》に行く時、先生と学生さん一行七人も一緒に乗せてくださいと」

二時に私たち全員、運よく漁業指導船に乗ることができた。澄んだ空気を割いて突き刺すような日差しが海面に注ぎ、反射した光が容赦なく私たちの目に飛び込んできた。漁業指導船は思ったよりも早く島に到着した。

船着場まで迎えに来た村長は、私たちを小学校に案内してくれた。学校は浜からすぐの丘の上にあったが、学校への道すがら、波の音に替わってセミの鳴き声が騒がしく聞こえてきた。

学校の運動場から全羅南道《チョンラナムド》の光陽《クァンヤン》沖合の小さな島々が見渡せた。

「向こうが全羅道で、目の前の海を康津の庭《カンジンマダン》と呼びます」

村長は、この楮島が慶尚道《キョンサンド》の中で全羅道《チョンラド》に一番近い島だと説明してくれた。昔から仲の悪さで知られる慶尚道と全羅道の人が、同じ海で仲良く漁をしている場所なので、親しみを込めて庭《マダン》と呼ぶようになったそうだ。

夕方、村のお年寄りを集めてくれるよう再度お願いした。つまみはあまりないけれどお酒を用意している、と付け加えるのも忘れなかった。

「組合の方から話があったので、年寄り衆にはすでに連絡してあるし、酒がなくてもかまわなかったのに」と言いながら、笑みがこぼれるのを隠さなかった。

村長が帰った後、学生たちは教室に入り、机や椅子を隅に移動させ、空間を作ってからリュックを床に下ろした。六人のうち三人は、西海や南海の海洋民俗調査に複数回参加した経験のある学生である。経験者らしく彼らは蚊取り線香から先に取り出した。

それから全員ノートを持って教室の中央を囲むように座り、翌日の調査計画の確認を始めた。

その間、私はまず校長先生を訪ねた。教室を使わせてくれたことへのお礼の挨拶のためだった。しかし、校長は本土の方に出かけて、帰りが遅くなるとのことだった。全校生徒十五人に教師は二人のみ。島の若い人たちが子供を連れて次々本土に移住しているため、生徒数は年々減り続けているという。教師二人さえ多いと思える小さな学校だ。

学校が夏・冬休みに入ると、二人の教師は一人ずつ交代で当直をすることになっている。しかし、殆どの当直は温厚な校長先生が代わって務め、二人の先生は行事がある時だけ、本土の実家から駆けつけるようになっていた。

調査計画の打ち合わせを終えた学生たちは、校舎の裏手で簡単に汗を洗い流した。水は学校の裏山から引いたもので、水量は十分だった。さっぱりした学生たちは夕食の準備に取りかかった。村のお年寄りが早く集まりすぎて夕食を食べられなかった経験があったので、今回は早めの食事をとることにした。私は酒のつまみ用に缶詰を用意しておくよう学生たちに言っておいた。

長い夏の陽が海に金粉を散りばめ始めた頃、早々に食事を終えた学生たちは食器を洗っていた。そこへ校門の方から人の気配がした。

「先生おるかね」

慶尚道の方言に全羅道のアクセントが少し混じった独特な訛りの老人が一人で訪ねて来た。教室で資料に目を通していた私は、急いで入り口に向かった。学生二人がそれとなく私についてて来た。老人は私を見るなり、入れ歯を覗かせながら人のよさそうな笑みを浮かべた。教室の中を覗き込んで誰もいないと分かると、戸惑った様子だった。

「中にどうぞ。他の方が来られるまで焼酎でも一杯いかがですか」

老人を教室に案内した後、紙コップに焼酎をなみなみ注ぎ、おつまみ用の缶詰のふたを開けた。

いつのまにか外は暗くなり始め、セミの弱々しい鳴き声が風に乗って聞こえてきた。その間、四人の老人が教室に集まってきた。渡船場で買った一升瓶の焼酎が、ほぼ半分になった頃、村長がやって来た。

「ここでは、どんな魚がたくさん獲れるんですか」

私の問いかけに、「なんといってもイワシじゃね。海が黒く見えるくらいイワシが群がって、夜、灯りをともすと、甲板にまで飛び込んで来るほどじゃ」

「イワシの外は、コノシロもたくさん獲れるぞ。昔の人は、コノシロの群れに棹を差し込んでも、棹が倒れないくらい大群だったと言っとったな」

酒が回ってくると次第に声が大きくなった。老人たちが一斉に話すと、何を言っているのか聞き取れない。

「イワシやコノシロ漁の時、うたう唄などあるでしょう」

酔っぱらってしまう前に訊いておきたいことなので、急いで質問を始めた。

「唄。ああ、唄ったな。ケンガリ[*]を叩きながら、ガレソリ[**]やジョノジャビ・ノレ[***]なんか唄ったもんだ」

気分が乗ってきたのか一人の老人が唄い始めた。学生たちは素早く録音機を近づけた。ひとりが唄い出すと他の老人から横槍が入り、唄はなかなか先に進まない。

「漁の時、事故はなかったですか」

その場の雰囲気を落ち着かせようと、私はわざと大声で尋ねた。

「事故、事故だって。最近は海が汚れて魚がいなくなった。船も新しくなったから事故は滅多に起きねえ。昔は潮の流れが強くもねえのに溺れ死にする奴もいたな」

「海鬼神が引きずり込むのに為す術などない。わしらは運よく今まで生き残った方だ。漁をして子らを本土に送り、勉強もさせたし……」

子供の話になると別の老人が話を遮り、「子供なんか当てになるもんか。世の中もすっかり変わっちまって、一所懸命育てたところで何の役にも立たねえ。あのユン爺さんを見なよ。自分が死んだらチョビンにしてくれと、あれほど言ってたのに、チョビンどころか、ソウルの息子

*韓国の伝統農楽で使われる鉦より小さい真鍮製の銅鑼。

**「カレ（鋤・すき）の唄」。全羅南道珍島郡をはじめ韓国南海沿岸全域で漁をする際に唄われた労働歌。

***「コノシロ漁の唄」。韓国西南海沿岸地域全域で広く唄われた労働歌、特に慶尚南道馬島が有名。

は父親の出棺にも立ち会わんかったじゃねえか。まったく、子供なんて要らねえなあ、子供の話なんか止めな」

急に場の空気が淀んだ。しかし、私は「チョビン」と聞いて自分の耳を疑った。全く予期していなかった言葉をこの島で聞いたからだ。「チョビンとは何ですか。草墳のことですか」

私は話題を草墳に向けた。草墳のことなら、どうしても確かめずにはいられなかった。韓国の南海岸一帯では草墳《チョブン＊》の風習が途絶えて久しい。その草墳のことをこの島で聞くとは驚きだった。ざわつく会話の中で出た「チョビン」という言葉を再度確認した。ここで言う「チョビン」とは、私の知っている「チョブン」を指すのかどうかを確かめたかった。

西海の離島では、場所によって「チョブン」を「チョビン」と呼んでいた。また、「チュルビン」と呼ぶ所もあった。まれに「グト」とも言っていた。呼び方はどうであれ、それはすべて草墳のことである。しかし、南海に位置するこの島で言う「チョビン」とは、「チョブン」を指すものなのか、別のものなのかを確かめる必要があったので、何度も質問を繰り返した。

「今じゃ、チョビンは無いねえ。昔、俺らが子供の頃は、ここにもチョビンがあった。チョビンと呼んだり、チョブンと呼んだりした。他にも色々呼び方があったが、随分昔のことで忘れ

＊遺体をすぐに埋葬せず、暫くの間、石を並べた平らな場所や板の上に柩を置き、草で覆う埋葬法。

ちまった」

私が草墳について大真面目になって質問するのを見て、ザワついていた場の雰囲気が幾分和んできた。もう一泊、滞在を延ばしてもかまわない。私は、まず草墳の調査をしっかりやって、後から豊漁祭りや村の祭事、漁の唄などを調査するよう、急遽、計画を変更しようと思った。

草墳については、韓国のどの学者より多くの事例調査資料を持っていると私は自負している。過去三十数年にわたる現地調査を通じて、南海の離島では草墳の痕跡さえ残ってないことをすでに確認している。ところが、この島で草墳の話を聞くとは驚きである。

草墳は、西海の離島では今でも稀に発見されることがある。見つかったとしても、その殆どが本来の姿を留めず、僅かな痕跡を残すものばかりだ。まるで風化した化石のように。しかし、その化石化していく過程を明らかにすれば、南海の離島住民たちの死の儀式に関する精神的な考古学を確立できるだろうと思っている。この島で、急速に痕跡が消失していく草墳の話を聞いて、初めは耳を疑った。

やがて消え去る運命にある草墳。それは人間の命が自然に帰ってゆく悲しくも荘厳な通過儀式である。その草墳にこの島で出会えるとは予想外の幸運である。その思いで胸は高鳴り、なかなか寝つかれなかった。

私の専攻は文化人類学である。韓国南海の離島の伝統文化の原型的心象研究で学位を取った。その論文の土台をなすものが草墳である。学生時代、私は離島の文化の謎めいた神秘と計り知れない奥深さに魅了され、夢中になっていた。中でも草墳への関心の始まりは単純なものだった。

大学後期学生の時、同じ学科の友人らと市内の劇場で「草墳」という馴染みのないタイトルの演劇を観た。一九六〇年代終わり頃のある日のことだった。

演劇の内容は難解だったが、強烈な印象を受けた。離島で起きた殺人事件に関わる人間関係の縺《もつ》れを紐解いていく、まるで迷路のような筋書きが観客の心を引き付けた。意外性を狙った場面の連続と予想外の事件の展開は観客に衝撃を与えた。私は舞台で繰り広げられる桁外れな力強さに取り憑かれてしまった。

海辺の村で起こった殺人事件。無念にも命を絶たれた者の草墳を作るため、遺体を担架に乗せて高く掲げながら運ぶ場面は異様であり、神秘的でもあった。その場面は、解明すべき宿命に思えるような課題を私に投げかけてきた。強烈な衝撃でその夜、私はいつまでも寝つけなかった。島の人々は、なぜ草墳を作るのか、どのように作るのか。死後、草墳に入ることを望む心の拠りどころは？　島の人々の無意識の中にある得体の知れない何かとは？　それが知りたかった。

海を臨む街、釜山に育った私に草墳についての知識は皆無だった。その私がソウルまで足を運び、同じ演出家による他のムソク*（巫俗《ムソク》）演劇まで観なければ気が治まらないようになってしまった。演出家の描くシャーマニズムの世界の中で人間の運命を結びつける不思議さ。我々のアイデンティティに繋がる古い言い伝え。その深層にあるものに触れたいという欲求に駆られるようになった。

共同体では、なぜ村の祭祀をこれほど神聖視するのか。その儀式は我々の文化にどのような影響を及ぼしたのか。そんな疑問を解くため、その糸口を草墳から探ることをライフワークにしてもよさそうに思えた。

私はこの分野に益々のめり込んでいった。千勝世の小説『落月島《ナグォルド》**』を読み、同名の映画も興味深く観た。そして小説の舞台である全羅南道、霊光郡《ヨングァングン》落月島を訪ね、殺人現場や巫女の舞いや海への祈りの現場も目の当りにした。島に漂うカリスマ性を感じてみようと暗い夜道を一人で歩いたりもした。

私は、この分野に本格的に取り組むため大学院への進学を決めた。この時から、夏休みや冬休みには必ず理論の源である現場を訪れた。現場調査を通じて、理論が成り立った背景を把握

---

*ムソク（巫俗）：朝鮮のシャーマニズム。
**千勝世《チョンスンセ》（一九三九～二〇二〇年）、韓国の小説家・劇作家、『落月島』は一九七二年に発表された作品。

するためだった。

朝鮮半島の西側の海、西海《ソヘ》には島が多い。島の数ほど漁の唄も多様で、また大漁を祈願する行事も多かった。現代の教育からは得難いシャーマニズムに溢れていた。現地調査をすればするほど、西海と南海《ナムヘ》の島々は、我々の伝統文化の原生林であることが分かってきた。しかし、急速な近代化の波のなかで、その原始林の伐採が急ピッチで進んでいる。

大学に席を得た私は、休暇のたびに島々を訪れ調査を続けた。それでも三百九十以上ある全羅南道の有人島、百九十を超える慶尚南道の有人島をすべて回るには力不足だった。地域と島を分けて標本調査を行うしかなかった。この問題を解決すべく大学の中に漁村民俗調査サークルを作り、学生と一緒になって離島文化の調査を行い、昔の人々の精神世界に触れようと試みた。

やはり草墳の調査は大変だった。存在を確認することが難しいのではなく、研究のモチベーションを高めることが難しかった。その上、西海から南海に移動するに従い、草墳の姿は古い蛍光灯の光のように淡くなっていった。泰安《テアン》半島から新安《シンアン》郡一帯を回って、珍島《ジンド》、莞島《ワンド》、康津《カンジン》、麗川《ヨス》湾に至る頃には、元の姿は消えてしまい痕跡だけになっていた。

数年前、全羅南道、甫吉島《ボギルド》礼松里《イエソンリ》で草墳に出合った。山裾の傾斜のある野菜畑の隅、奥まった所にあった。その草墳は遺体が白骨化し、純白になるまでの安息の場所であったことを物語っていた。しかし、その死者の身分や性別、遺族のことなど知る由もなかった。私は学生たちと手分けして住民に訪ねて回り、やっとのことで草墳の所有者を探し当てた。突然の訪問客に所有者は戸惑いながらも、しぶしぶ受け入れてくれた。外部の人にとって、草墳は単なる興味の対象に過ぎず、批判の対象になることもあるからだ。私たちの草墳の調査は純粋に学術目的であることを繰り返し説明した。やっと口を開いた所有者は言い訳から始めた。

「母は望んでおったけど、面倒で、高《たこ》うつくし、周囲からは不衛生と言われるし、ご時世に合わんことは分かっとった。しかし、母の願いを叶えてやらんと親不孝者になるけ、裏山に祭ることにした」

白髪交じりの男性は、ぎこちない様子で草墳を作った訳を説明してくれた。その話の内容から、死者の願いが草墳に込められていることが確認できた。さらに、草墳が消えていく理由も垣間見えた。

「母親の願いを叶えるなんて親孝行ですね。兄弟の中で埋葬を主張した人はいなかったんですか」

「おらんかったね。わしの兄弟は誰も埋葬を主張せんかった」

「草墳は、なぜ平地ではなく、山の斜面に設けたんですか」

「ああ、昔は家の前庭に設けとったが。それがだんだん裏庭になって、今では家の裏山になってしもうた。遺体の腐敗が進むと村中から臭いと言われ、村の皆に申し訳ないし、親孝行もせんといかんし。色々考えた末、裏山に設けるしかなかった」

しかし、山には猪をはじめ野生の獣が多く、それが草墳を荒らすようになり、遺体が損傷を受けることが頻繁に起こった。草墳の周りをフェンスで囲っても、被害を防ぐことはできなかった。こうして、草墳を巡る問題が持ち上がるたびに村の青年たちが立ち上がり、草墳葬を廃止しようとする運動を展開した。セマウル運動*の一環として、衛生的な葬儀の方法を選ぶべきだというものだった。

草墳は遺体を草で覆い、その上に藁の屋根を設けたものである。覆った草が風に飛ばないようしっかり固定し、周りに囲いも設置している。しかし、遺体が腐敗する時の臭いは風に運ばれ村中に漂うようになる。さらに草墳葬をしてから数年後、今度はその遺体を埋葬する本葬を行わなければならない。その際、草墳を解体することになるが、このような手間のかかる風習はもう止めるべきとの意見が持ち上がり始めたのだ。

草墳の中の遺体は数年が経過すると白骨だけが残る。数年後、吉日を選んで草墳を解体して骨を収拾し、棺の中に収める。この収拾した骨は本葬、つまりもう一度葬儀を行った後、永久

---

*セマウル運動（新しい村づくり運動）：一九七〇年代初めから朴正熙政権によって進められた農村の近代化運動。

墓に埋葬する。

草墳葬制度の廃止運動には村の村長まで加わった。二重葬儀より単葬儀が経済的であるとの意見からだ。しかし、来世を信じる人々は慣習を破ろうとしなかった。草墳をしないと、死者は綺麗な体であの世に行くことができない。子孫のためにも草墳を廃止してはならないと強く反対した。

「親の願いを無視して埋葬をするなど、そんな真似はできんよ。死んで極楽に行きたいと言うなら、それを聞き入れて草墳にせにゃいかんだろう」

「わしらを育てる間、心身共に疲れ、嫌なこともたくさんあったろうよ。この世の穢れを綺麗に落とし、きれいな骨になって、あの世に行きたいと願うのを駄目だとは言えん。子としてはな……」

「何があっても、わしは草墳葬をやるから。止められるもんなら止めてみろ」と決死の覚悟で挑む人もいた。

村の年寄りたちは、人は死んでもあの世で新しく生まれ変わると固く信じている。新しく生まれ変わるためには、この世の穢《けが》れをすべて洗い落とし、綺麗にならなければならない。そのための最も重要な手順が、草墳葬だと信じられていた。そのため、残された子供たちは両親の願いに従うのが常であった。

こうした執念は無意識の奥にある深層心理によるものだろう。草墳によって肉の削がれた骨に苔のような汚れがあってはならない。綺麗にするために骨を煮沸《しゃふつ》することもあるという。煮沸した骨は綿で一つ一つきれいに拭き上げる。二百六十本にもなる骨を、チルソンパン（七星板）と呼ぶ敷板の上に、元通りに並べて韓紙で丁寧に包み、さらにこれを布で包む。チルソンパンはサンヨ*に乗せられ草墳を後にし、埋葬場所へと向かう。綺麗になった骨は、見送る者たちの哭声《こくせい》を聴きながら住み慣れた家を一周し、生きる糧を得ていた海辺を通り過ぎ山に向かう。やがて遺骨は埋葬されて土に還っていく。

陸地から遠く離れた南海や西海の島の人々は、そうすれば死者が綺麗な体であの世に行けるものと固く信じていた。そのため、草墳葬という神聖な通過儀礼は島々から容易に消え去ることはなかった。骨を清める草墳葬の考えは、村の神を迎える儀式である洞祭《ドンジェ》にも同一性を見ることができる。神聖な神を迎えるための、お清めの儀式がそれである。

その日、宿所に戻った私たちは島の草墳調査の内容を整理した。夕方、サークルの学生たちと一緒になっての洞祭調査資料を検討した。祭祀を行う際の清めの手順、祭祀を執行する祭主の清潔さを維持するための儀式は、我々の想像を超える厳しさだった。島の洞祭が終わった後、

＊祭礼の時に屍体を担いで運ぶ輿、喪輿《サンヨ》。

正月の中旬か下旬の吉日を選んで会議を開き、次の年の祭りを執り行う祭主を選んだ。これも神聖であることに焦点が当てられていた。

過去一年の間、家に禍《わざわい》があった人を祭主に選んではならなかった。また、家から死者が出たり、出産のあった家、あるいは村人と争いのあった人も当然、祭主になれない。祭主に選ばれた人は、どんなに寒い日でも、祭祀の一月前から毎日冷水で身を清めなければならない。

村の会議で祭主に選ばれた以上、辞退をしてはならなかった。辞退は共同体そのものを否定するものと受け止められた。この神聖な任務を果たさなければ、神の怒りを買って村に禍が起こると信じられていた。

祭主に選ばれたとしても、凶事《きょうじ》に関わるようなことになれば、不名誉による辞退もあり得た。こうした厳格なルールを守ることは、大変な犠牲を強いるものだった。次第に人口が減っていく島において、祭主になりたがらない現象も起こり始めた。若者たちは村の祭祀の御利益を疑い始め、厳しい儀式の煩わしさから逃れようとしていた。このことが若者たちの島離れの一因にもなっていた。

それでも、島のお年寄りの多くは草墳葬と村の祭祀にこだわっていた。心を込めてきれいな体と心で先祖を迎え、村の神を祭ることで祝福を受けるものと信じて疑わなかった。

二重葬と村の祭祀をめぐる意見の紛糾は、日を追うごとに世代間の溝を深め、ついに表面化し始めた。都会ではこんな儀式をせずとも、皆幸せに暮らしている。島では何のために、この煩わしい儀式にこだわり続けるのか——。若い世代の不満は募るばかりだった。

お年寄りの中には、自身の草墳葬はいよいよ難しくなると考える人も少なくなかった。こうした様々な事情を背景に、西海と南海の島々の草墳葬は終焉に向かって歩み出した。


老人たちの声がザワつく中、私は我に返り頭を冷やして心を落ち着かせ、甫吉島《ボギルド》と西海の南部に位置する離島における草墳についての記憶から抜け出そうとした。学生たちは依然、老人たちの話を録音するのに余念がなかった。

「では、あのユン爺さんの葬儀は草墳葬ではなかったんですか」

「できんかった。草墳葬をしてくれる子供がおらんから。息子も出棺の日の昼頃になってやっと現れてよ。残された婆さん一人で草墳葬ができるわけなかろう」

老人は私の質問に声を荒らげた。彼の震える声が崩れゆく草墳の音のように聞こえた。私は昂《たかぶ》った場の空気を鎮めるつもりでひとこと言った。

「若い人たちは、いやな臭いを嫌ったのでしょう……」

老人はすぐに反論した。「臭いだと。若い奴らだけが鼻が利くとでも。バカなこと言わんでくれ。海の真ん中のこの島で、くさい臭いがどれほどのもんよ。一日中、風が吹くこの島で……」

「それに、島に来るのに時間が相当かかるからじゃないですか」

「昔も河南《ハナム》までの車は多かったし、そこからこの楮島に来る船はいくらでもあった。屁理屈並べて言い訳する若いもんに余計腹が立つ」

もうこの楮島で草墳を探すのは難しそうだ。あったとしても、偶然残った痕跡程度かもしれない。昔からこの島で草墳葬を行ってきた背景について別の理由を上げる人もいた。それは死者の願いとは関係のない不可避な理由からだった。

風水師が葬儀の日取りを決めるまで、仮の墓を作る風習があった。遠方に住む子らが帰ってくるまで埋葬を行わず、埋葬するまでの間、一時的に草墳をしていたという説と、溺死者の場合、遺体から水が抜けるまで草で覆っていたというのが草墳の始まりだという説がある。また、殺害された死者の場合、死者の恨みが晴れるまで埋葬をしなかったという話もある。いずれにせよ、草墳は、潮の満ち干に合わせて漁をする楮島の人々の手足を二重に縛ることになった。若い働き手がどんどん都会に渡り、残された高齢者にとっても草墳葬は大きな負担となってきた。

おまけに村長までも若者と一緒に草墳葬の非合理性を唱え、改善を主張して立ち上がったため、島は大きく揺れた。一部の高齢者もセマウル運動に準じてこの動きに同調した。一方で、草墳に固執する人たちの考えは容易に変わることなく、衛生面においても異なる意見がぶつかり合った。

「ユン爺さんの他に、今でもこの島で草墳を望む人がいますか」

「ああ、もちろん。子に気遣って口に出さんだけで、いっぱいおるわ。いっぱい……」

老人の声が大きかったのか、側にいた他の老人が割り込んできた。

「もう、そのくらいにしときな。皆、カレソリの準備をしているぞ。一人で気を吐いたところで、子が草墳葬をしてくれるわけでもないし。無駄話はやめて、さあ唄おう」

草墳の話をもっと聞きたかった。しかし、酒が回った老人たちからイワシ漁で唄うカレソリが聴こえてきた。こうなっては話を聞くわけにもいかない。

「草墳の話は明日また聞かせてください。イワシ漁する時の唄をお願いします」

話していた老人は口を噤んだ。もっと語りたい様子だったが、輪になって座っている老人たちを見回してから、「わしの名はハン・デホ。わしは六十年の間、欲知島《ヨクチド》、閑山島《ハンサンド》、それから大《デ》島《ド》、小島《ソド》の沖合を渡りながら唄うてきた。皆の衆、わしが先に一節唄うから、後を続けてくれ……」と、軽く咳をして喉の調子を確かめた。

セノヤ　～セノヤ、オヒオラ～セノヤ～

セノヤ　～セノヤ、オヒオラ～セノヤ～
セノヤ　～セノヤ、オヒオラ～セノヤ～

ここまで来ると、座の一人が唄を遮った。唄っていたハン老人は訳が分からず、一旦唄を止めた。

「爺さんよ、頼まれたのはセノヤじゃなくて、カレソリじゃないか。ほら、このカレは誰のカレ、それは船主のカレじゃと言うやつ。あれを唄おう」

オホヌンチャカレヤ　　　　　（オホヌンチャ　カレヤ）
このカレは誰のカレか　　　　（オホヌンチャ　カレヤ）
俺たち船主のカレさ　　　　　（オホヌンチャ　カレヤ）
俺たち船主は運も良く　　　　（オホヌンチャ　カレヤ）
長い竿に大漁旗上げてよ　　　（オホヌンチャ　カレヤ）
満ち潮に千両、引き潮に千両（オホヌンチャ　カレヤ）

唄が佳境に入ると座は盛り上がり、唄声も一段と朗らかになった。ハン老人の先唱を受けて、皆が声を揃えて、「オホヌンチャ　カレヤ～」と続いた。楽しげだが、どこか哀愁を帯びた唄はいつまでも続きそうだった。

「ここらで一息入れよう。もう一杯やってから唄おう」

座の一人が唄を遮って声を上げた。一升瓶の焼酎はあっという間に底をついた。いずれ忘れ去られる運命にある唄を久しぶりにうたったことが、皆にとって感慨深いようだ。

「いずれ、この唄も草墳のように消えちまうな。全部、機械の船に代わって、皆でイワシ網を引くこともねえし、この唄をうたうこともなくなるな」

唄が終わると教室の中がザワついてきた。それぞれに思い出話を始めたのだ。そんな中でも、私は草墳のことが頭から離れなかった。この島から草墳の姿が消えたとするなら、それはいつのことなのか。なぜなのか。しかし、場のざわめきの中でこれ以上、草墳について聞けそうになかった。

老人たちの取りとめのない話は続いていた。夜が更けてくると、一人二人と席を立ち始め、なんとなく集会は自然解散となった。

翌日、私はこの島にあった草墳の痕跡から探すことにした。学生たちを民話と伝説の二つの班に分け、村の祭りと漁歌をそれぞれ調査させることにした。一方、私は録音とカメラの扱いに慣れた学生と一緒に、昨夜、話を聞かせてくれたハン老人を訪ねた。

ハン老人はすでに朝食を終え、漁に出る支度をしていた。昨晩の酔いはすっかり覚めたようで、明るい表情で私たちを迎えてくれた。

「この島の最後の草墳はどこにありますか。漁に出かける前にそこを教えていただけないでしょうか。是非その草墳を見ておきたいので……」

「今は満ち潮じゃねえから、船は後から出してもかまわねえ。だけんど、もう今は草墳葬やる人もいねえのに、見てどうするんかね」

ハン老人の声はしわがれていたが、昨日の夜とは違ってぶっきらぼうな言い方ではなかった。急いで靴下を履き、棒を持って出てきた。万一、草むらで蛇を踏んでも靴下を履いていれば心配ないとのことだった。

朝の突きさすような強い日差しが額を照らした。ハン老人は眉をひそめることもなく、村の裏側の小高い山に向かった。山を登って間もなく、浅い谷が目の前に現れた。老人は歩みを止めた。目の前を横切って流れる小川の両側には雑木が茂っていた。その雑木の間の所々に松の木が立っているのが見えた。

「そこの松の下の右側が草墳のあった場所だよ。多分、今も遺体を置いた石やら板のようなものが残っているかも知れんな。行ってみるか」

先夜の不機嫌そうな表情や言動とは打って変わって、優しくなっていた。私は彼が指している草墳があった場所に向かって歩き出した。自分の目で早く確かめたかったからだ。しかし、松の下は背の高い雑草だけが生い茂っていた。

「何も見えないですね」

ハン老人は私の傍まで息も切らず一気に追いついてきた。周りを見渡してから、持ってきた棒で草墳のあった場所の草むらを掻き分けた。

「ほら、ここに違いない。風化して見づらいが、これを見な。この平らな石がチルソンパン(七星板)を乗せていた石だ」

草の根元の土の上に、一列に並べられた複数の平らな石が見えた。長い間、風雨に晒されたせいか石は土に埋もれ、それぞれ高さが違っていた。しかし、石の置かれた場所の幅や長さから見て、チルソンパンを載せるのに十分な大きさであると思われた。

「本墓はどこにありますか」

「墓か、墓ならあの山の中だ。風水師が決めた場所で、正面に遮るものがねえ開けた所だ。生前、漁をしていた海が見渡せるいい場所だ。草墳できれいになった骨を埋葬してもらったから、あの世でもいい暮らししてるだろうよ」

ハン老人の草墳に対する思い入れが強く感じられた。

「ところで、ユンさんの墓はどこですか」

「ユンさん。ああ、あの爺さんは子供が遠方だし、婆さん一人じゃ草墳など作れんから、そのまんま山に埋葬した。それも見たいんかね。代わり映えしねえ墓じゃけど……」

草墳葬をせず、そのまま埋葬したことを、今でも腹立たしく思っているようだった。

「最近の子供は親の話を鼻先であしらって、爪の先ほども思っちゃいない。どいつもこいつも若いもんは、昔のものは取るに足りんと思っとるんじゃ。年寄りには勝てる手立てもないのさ……」

ハン老人は再び声を荒らげた。無造作に汗を拭った後、ユン爺さんの墓に案内する気も失せたのか、「ここに長居してても仕方ねえから、もうこのへんにすべ」と先に歩き出した。すたすた歩きながら、独り言のように何か口ずさんでいた。長い間、体に染みついた漁の時の唄なのか、葬儀の時の唄なのかはっきりしなかった。

先になって山を下りるハン老人の頰をかすめ、海から爽やかな風が吹いてきた。主無き草墳の跡には雑草だけが揺れていた。私も老人の後を追って山を下り始めた。

付 なぜ書くのか

定年を迎えてすでに十数年が過ぎ、いつの間にか今の年齢になっていた。年寄りらしくのんびりすることもなく、なぜあくせく小説を書くのか、と人に聞かれる。確かに人には代わり映えしない老人に見えるだろう。しかし、私は八十代の新人作家なのだ。どこからも原稿の依頼や出版を勧める話も舞い込んでこない。それでもせっせと小説を書いている。

なぜ書くのか、という問いかけに対する私の答えはいたって簡単だ。若い時から小説を書きたかったからだ、と。それに、長く生きてきたことは小説を書く上で何ら障害にならない、と付け加えるだろう。私のこうした考えが単なる空想でないことを自ら証明しようと、今日も夜更けまで机に向かっている。

定年を迎えて自らを老人になったと思っている人がいる。人間の行動は思考が支配するもので、自ら活動の前線から遠ざかる人は次第に生の輝きを失っていく。「この年になって今更何ができる」と、早々諦めてしまうのはもったいないではないか。できないと思う人は、十分でき得ることさえできなくなる。私はそんな沼に陥りたくなかった。

小説家になることは高校生の頃からの夢だった。しかし、社会生活を始めた私は仕事に没頭せざるを得なかった。家長として一家を養う責任が重く圧し掛かっていた。大学では講義の準備や学生指導のほか、多くの研究書を読み、論文の執筆や発表をしなければならなかった。その傍らで小説を書くなど考えられなかった。常に書きたい気持ちを抑え続けてきた。

定年を迎えてやっと、自由に使える時間が与えられた。しかし、この時間はただ遊んで暮らしてもよいという時間ではない。年老いたことを理由に萎縮し、萎れることなく、やりたいことをやろう。これが老年を迎え新人作家になった理由である。

二十代の頃にあった感性は確かに薄れてきた。否定できない事実だ。しかし、二十代では決して持つことのできない経験が今の私にはある。小説を書く上でこの経験はかけがえのない豊かな土壌になってくれる。小説とは我々が経験し、想像したものを文字で表すものだ。その点で、この年齢がむしろ比較優位の強みに思えてくる。経験した事柄にフィクションの衣をまとわせ、人々に感動を与えることができるなら、どんなに喜ばしいことだろう。だが、小説家になるのは容易ではない。今の韓国では小説を書くより、小説家になることの方が難しくなってきた。小説家という肩書がなければ誰も作家として認めてはくれない。発表する場を得られず、原稿は引き出しの中にしまい込むために書くことになってしまう。

あの名作『風と共に去りぬ』を書いたマーガレット・ミッチェル。彼女は無名の作家だった。その彼女が不朽の名作を残した。今日の文壇の現状を見ると、マーガレット・ミッチェルのような作家の誕生は期待できそうにない。世の中の制度や考え方がそうさせている。現在の文壇や出版界はこの問題を重く受け止めず、改める考えすらない。

作品の質の評価は後回しにして、私は作家という名札をまず付けようと考えた。作品発表の場を得るため、世の中の制度と妥協をした。自身をさらに高めるためには名札がどうしても必要だった。

あらゆる新人文学賞に応募した。募集要項に「未来のわが国の文壇をリードする大志を抱いた若い作家」と、応募資格を限定しているものもあった。こうなると、応募する資格すらない。そんな条件を付けていない、いくつかの新人文学賞に応募した。

七転び八起き、やっと某文学雑誌の新人文学賞の関門を通過し、作家という名札を付けることができた。人生七十を超えて手に入れた名札、暫くの間、無力感に陥った。朝鮮時代の最下位の官職、「陵参奉《ヌンチャンボン》」になった気分だ。陵参奉とは、王陵などの陵、つまり墓を管理する墓守である。最下位の官職であっても、辛うじて得たこの官職を喜ぶべきだろう。
作家の名札を付けて、私は短編小説の執筆に勤しんだ。高齢者の問題や性的暴力の問題など、今の社会が抱える様々な問題、社会性の高い作品を書いて機会あるごとに発表した。さらに、若い頃の経験に基づく作品も紹介した。今回これらの作品をまとめて短編集を出す運びとなった。嬉しいことだ。ただじっと座って老年期を過ごしていたなら得られない喜びではないか。

二年前には長編小説も発表した。幸い釜山の最も大きい書店、「ヨングアン図書」で複数回、ベストセラーにランク・インした。お陰で本は三回の増刷となった。本を売って財を成すつもりはないが、売れないよりは売れた方がいいに決まっている。それがこつこつ作品を書き続ける勇気をくれた。これで私の晩年は喜びと幸せに満ちたものとなった。
「なぜ小説に没頭するのか」と人が尋ねれば、書くことが面白いからと答えるだろう。さらに聞かれたら、動いている機械よりも止まっている機械の方が錆びやすい。故に錆びた人生を送りたくないからと答えるだろう。それでも何故と聞かれたら、ヘミングウェイの『老人と海』の主人公サンチャゴの名言「人は破壊はされても、打ち負かされはしない（A man can be destroyed, but not defeated)」という言葉を伝えたい。

二〇一九年晩夏　　姜南周

訳者あとがき

姜南周先生との交流は、十数年前、下関市で行われた「朝鮮通信使行列再現事業」歓迎レセプションの場で、当時、釜山文化財団の代表理事であった先生の通訳を担当したことから始まりました。その後、毎年行われる下関市朝鮮通信使行列再現行事の会場でお会いし、新年の挨拶や近況のメールを頂くようになりました。

文化財団の代表理事職を退いた先生が日本に来られた折、時間を割いて会いに来てくださったので、小倉城に隣接する松本清張記念館にご案内したことがあります。詩人でもある先生は、館内の展示物や自宅の書物をそのまま移設した清張の書斎の前で長い時間立ち止まり、おびただしい数の清張作品やそのタイトル付けに感心しておられました。清張記念館を去る際、「これから小説を書こうと思っている」と話されたのを今でも覚えています。

それから数年後、先生が発表された短編小説や長編小説が次々に送られてきました。私の周りには小説を書きたいと語る人たちはいるものの、実際に作品を完成させ発表した人に会うのは初めてでした。しかも、当時、先生の年齢は七十代後半。最初の短編小説集を発表した七十六歳の時、新人賞を受賞されました。

コロナ禍で世界が動きを止めてしまったような二〇二〇年の初め、突然先生から電話がありました。ご自身の小説の翻訳本を日本で発表したいので是非翻訳をやってみては……とのことでした。パンデミックという状況のなかで、じっくり翻訳に取り組む作業に興味をそそられました。

今では日本の日常に溶け込んでしまったKポップや韓国映画やドラマ。最近は韓国の若手小説家の作品も数多く紹介されるようになりました。

ベストセラー作家が書いたものでもなく、若者の物語でもないこの短編小説集『草墳』（韓国版タイトル『一人になった部屋』）には、先生ならではの感性と経験が活き活きと描かれ、歴史書や学術書に現れない戦後韓国の普通の人々の生活、今では失われてしまった風習に驚いたり共感したり、日本との共通点を発見する機会にもなりました。

翻訳作業は新たな発見の連続であり、楽しい時間でした。しかし、最大の問題は、日本国内で出版社を探し、一冊の本にするまでの全ての責任をうっかり引き受けてしまったことでした。

昨年まで日韓関係はかつてないほど冷え込み、両国の首脳は一度も膝を交えて語り合うことがありませんでした。しかも、人々の本離れが進む現状で、翻訳本の出版は困難を極めました。翻訳の完成から三年余り、この短編小説集が日の目を見ることはないのでは……と何度も心が折れそうになった時、親身になってくれた知人や友人の温かい励ましが力になりました。様々な困難を経て、この本が世に出ることとなった今、応援してくれた友人はじめ、花乱社の方々に心から感謝する次第です。

森脇錦穂

■著者
姜 南 周（カンナムジュ）
1939年，慶尚南道河東に生まれる。
釜山水産大学校卒業，釜山大学校博士課程修了（文学博士）。
釜慶大学校教授・総長，釜山文化財団初代代表理事。
朝鮮通信使記憶遺産 UNESCO 韓日共同登録韓国側学術委員長。
『痕跡を残すこと』他，10冊の詩集を発表。
『文芸研究』77号（2013年夏）新人小説賞受賞。
長編小説「柳馬図」他，多くの文学雑誌に短編小説を発表。

■訳者
森脇錦穂（もりわき・くむす）
日韓翻訳・通訳家
RKB（TBS）ソウル支局，韓国放送公社（KBS）国際局勤務を経て，九州国際 FM パーソナリティー，北九州国際交流協会理事，北九州市立高等学校韓国語講師。第13回松本清張研究奨励事業報告（共同研究，2013年 1 月），「韓国における清張作品の受容に関する調査・分析（映像化された作品を中心に）」を執筆。
現在，北九州市市民カレッジ講師（九州国際大学地域連携センター），「韓流ドラマで学ぶ韓国語の世界」，「韓国文学ベストセラーへのいざない」などを担当。

草《そう》 墳《ふん》

❖

2024年4月5日　第1刷発行

❖

著　者　姜南周

訳　者　森脇錦穂

発行者　別府大悟

発行所　合同会社花乱社

〒810-0001 福岡市中央区天神 5-5-8-5D

電話 092(781)7550　FAX 092(781)7555

印　刷　モリモト印刷株式会社

製　本　株式会社メッツ

[定価はカバーに表示]

ISBN978-4-910038-90-2